사랑은 작두로도 베지 못합니다

사랑의 메시지

창작 간증 픽션

사랑은 작두로도 베지 못합니다

심혁창 지음

사랑의 메시지

도서출판 한글

책머리에

이 책에는 창작 간증문학 작품 넷이 수록되어 있습니다. 논픽션이 아닌 동화적 픽션입니다. 내용은 이렇습니다.

참 좋은 친구는 부자 불신자 친구가 어려운 크리스천 친구를 숨어서 돕고, 신앙이 돈독한 친구는 믿지 않는 친구의 영혼 구원을 위해 몰래 하나님께 십일조까지 바쳐 친구를 구원하는 따뜻한 미담입니다.

작두교회는 삯군 목회자와 신실한 목회자의 의식과 교회 세습은 바람직하지 않다는 소재입니다.

노숙자 예수는 크리스마스이브에 예수님이 키다리 노숙자 차림으로 교회를 방문합니다. 교회마다 예수님 탄생을 축하하고 예배를 거룩하게 드리면서 초라한 노숙자 차림의 예수님을 문전박대하는가 하면 다른 노숙자들도 예배 분위기 망친다고 쫓아냅니다.

귀신 나온다는 집은 아무도 안 사가는 흉가를 사서 교회로 만들고 악조건을 극복하는 신실한 목회자와 그를 숨어서 돕는 재벌 장로의 겸손하고 아름다운 믿음을 보여주는 성도의 바람직한 삶을 그린 작품입니다.

이 글은 순수한 창작 간증 픽션입니다. 장차 목회하실 분이 읽어 주신다면 더 없이 고맙겠습니다.

지은이 심혁창

‖목 차‖

사랑의 메시지

참 좋은 친구

찐빵 장수

좁쌀영감은 빽빽거리는 소리로 다짐했습니다.

"알았어? 낼까지야!"

"……."

"왜 말이 없어? 알았느냐고? 낼, 낼이야!"

좁쌀영감이 빽빽거리는 소리를 지르고 나가면서 문을 쾅 닫았습니다. 찬바람이 확 밀어드는가 싶은 순간 누군가가 쑥 들어섰습니다.

"낼까지라니? 그게 무슨 소리야?"

찐빵 가게 주인 덕구는 갑자기 나타난 친구 준태가 묻는 말에 어물거렸습니다.

"아무것도 아니야, 아무것도."

"무슨 소리야? 아무것도 아니라면서 낼까지라는데 왜 대답을 못했어?"

"그런 게 있어."

"그런 게 뭐냐고?"

덕구는 엉뚱한 말로 대답을 피했습니다.

"막 쪄낸 찐빵이 따듯하다. 하나 먹어 볼래?"

"하나면 그만 둬. 삼천 원어치라면 몰라도."

"삼천 원이 뭐야? 친구 사이에."

"너는 땅 파다 장사하는 거냐?"

"알았어. 삼천 원어치에 덤 두 개 더 준다."

"덤도 싫다. 영감이 낼까지라고 한 말이 무슨 말인지 말하면 덤도 받겠지만 아니면 안 받아."

"네가 알 일은 아니야."

"내 친구 맞아 너?"

"물론, 친구지."

"친구 사이에 비밀은 배신이다. 알간?"

"미안해, 내 일로 너까지 괴롭힐 건 없잖아."

"나 빵 안 먹어. 우리 사이에 말 못할 비밀이 무엇이 있어서 그래?"

찐빵가게 주인 덕구가 마지못해 진지하게 말했습니다.

"아무리 친구라도 고민까지 나누는 건 못할 일이야."

"친구니까 고민도 나누는 거다. 그것도 모른단 말이냐?"

"행복은 나누어 가져도 좋지만 고민은 나누어 가질 수 없는 거야. 더구나 친구끼리는."

"돼지 같은 소리! 친구끼리 고민을 나누어 갖는 게 진정한 친구라는 걸 모른단 말인가?"

"그런 건 이상이고 생각일 뿐이야."

"이론이고 삼론이고 들어보자. 솔직히 네가 사업에 망하고도 나한테 한 마디도 하지 않았던 건 아주 섭섭한 일이야. 내가 네 사정을 일찍이 알았더라면 네가 망하는 걸 보고만 있을 나냐?"

"너를 내가 잘 알기 때문에 너 모르게 문을 닫았던 것뿐이야."

"네가 사업체를 넘기고 이 콧구멍만한 찐빵 가게를 차린 걸 보고 놀랐다. 고생하여 세운 그 큰 공장을 엉뚱한 사람한테 빼앗기고 이런 빵가게를 차릴 줄은 몰랐어. 하지만 너의 그 용기만은 인정한다."

"부끄럽다."

이때 덕구 아들 문식이 들어왔습니다.

"아빠, 학교 다녀왔어요."

"그래, 잘 다녀왔어?"

그러면서 친구 준태를 소개했습니다.

"이 아저씨는 아빠 친구시다. 인사 드려라."

문식이 납신 배꼽인사를 했습니다.

"아저씨 안녕하세요?"

"그래, 아주 잘생겼구나. 아빠를 닮은 것 같다."

"감사합니다."

"몇 살이냐?"

"여덟 살이에요."

"그러면 알 건 다 알겠구나."

"무슨 말씀인데요?"

"너의 아빠가 왜 갑자기 찐빵가게를……."

덕구가 말을 막았습니다.

"문식아, 오래 있으면 안 된다. 빨리 가라."

아들 문식이 겸손히 대답했습니다.

"네, 아빠. 갈게요."

그러나 친구 준태가 하던 말을 마저 하려고 했습니다.

"이 사람아, 나 이야기 아직 안 끝났어. 왜 애는……."

덕구가 말을 막고 대답했습니다.

"알았어. 다 말해 줄게 기다려. 문식아, 어서 집에 가거라."

아들을 돌려보내고 입을 열었습니다.

"이 사람아, 애들이 뭘 안다고 그런 말을 하려고 해?"

"여덟 살이면 알 건 다 알아. 자네가 말을 하지 않으니까 애한테라도 알고 싶어서 그랬다."

"알았어. 말해 줄게."

이자에 찌부러진 인생

덕구가 마지못해 친구 준태 앞에 모든 것을 털어놓았습니다.

"내가 사기를 당하여 회사를 남의 손에 넘기고 얼마나 억울했는지 죽을 생각까지 했다네. 그런데 아내가 자살은 죄라고 하면서 죽을 용기가 있으면 사는 날까지 살아보자고 하더군."

"……."

덕구가 중얼거리는 소리로 말을 이었습니다.

"고향에서 같이 자란 친구가 주식을 하면 큰돈을 벌 수 있다면서 공장을 담보로 은행에서 돈을 빌려 주식에 투자하자는 거었어. 그러면 은행 돈을 금방 돌려 갚고도 남는다는 거였지. 주식투자는 자기가 잘 아니까 믿고 맡기라는 거였지. 그러면 백 퍼센트 성공한다는 것이었어."

"그래서 은행 돈을 썼군?"

"그 친구가 하자는 대로 했는데 주식이 벼락같이 떨어져 은행 이자를 못 내고 허둥지둥하다가 공장을 경매당하고 살던 집도 경매당하는 등 내 재산은 한 푼도 안 남기고 다 팔아도 은행 돈을 다 갚을 수가 없었네."

"그 고향 친구는 어떻게 되었는가?"

"그렇게 해 놓고 행방불명이 되었어. 송충이는 솔잎만 먹어야 하는데 욕심을 부리다가 이 꼴이 되었다네."

"그런 사정이 있었으면 나한테 지원을 요청하지 왜 가만히 있었나?"

"고향 친구도 그 지경인데 타향에서 만난 자네한테 무슨 면목으로 입을 열겠는가."

"그래서 이 꼴이 되었네그려. 고향 친구만 친구고 타향 친구는 아무것도 아니란 말이군. 그래도 이런 가게를 차렸으니 불행 중 다행이 아닌가."

"하지만 늑대를 피하려다 호랑이를 만난 꼴이 되었다네."

"그건 또 무슨 소린가. 집은 어디인가?"

"그런 건 묻지 말게."

"부인도 나와서 일을 거들면 좋을 텐데 어째서 자네 혼자 이러고 있는가?"

"아내는 식당에 나가서 일하여 몇 푼씩 받아오지만……."

"알겠네. 아까 내가 들어올 때 영감이 하던 소리는 무슨 소린가?"

"집도 절도 없는 신세가 되자 물에 빠진 사람이 지푸라기라도 잡는 심정으로 어떤 분의 소개로 그 영감을 만났네. 그리고 차용증을 써주고 천만 원을 빌려서 이 가게와 사글세방을 얻었다네."

"그 영감은 무얼 하는 사람인데?"

"아주 비싼 돈놀이를 하는 사람이더군. 사람들이 좁쌀영감이라고 하는 사람인데……."

"그런 영감이 무얼 믿고 자네한테 돈을 꾸어 주었는가?"

"내가 쓴 차용증에 나를 소개한 분이 보증을 서 주셨다네."

"참 고마운 분이었군. 장사는 잘 되었나?"

"이 가게 세가 매월 칠십만 원이고 우리 사는 집 사글세가 삼십만 원이라 백만 원이 고정으로 나가네. 아내는 식당 일을 해주고 그 돈 갚기에 바쁘고 그 영감한테 갚을 이자가 한 달에 사십만 원인데 나는 삼 년 동안 이자를 갚아 왔다네. 그러다 보니 원금보다 더 많은 이자를 갚고도 원금은 살아 있지 않은가. 그래서 이자를 좀 낮추어 달라고 하니까 원금을 한꺼번에 갚으라는 거야. 사정이 어렵다고 하자 이 가게를 내놓던지 보증 선 분한테 가서 받겠다는 걸세. 그러면 어떻게 되겠는가. 이자가 호랑이보다 무서운 걸 절실히 느끼고 있다네."

"그 돈을 내일까지 갚으라고 그렇게 소리를 치고 갔나?"

"그렇다네. 보증 서준 분한테 가면 어쩌겠나. 당장 이 가게를 내놓고 보증금이라도 돌려주는 수밖에 없지."

"그런 사정이면서도 자네가 나를 무시하고 살았는가?"

"아니야, 난 자네를 무시한 적이 없네. 자네한테만은 부끄러운 꼴을 보여주고 싶지 않아서였어. 자네가 부자라는 걸 내가 왜 모르겠나. 친할수록 돈 거래는 안 하는 것이 우정이라고 생각했기 때문일세."

"알았네. 난 실망했어. 내가 자네 처지였다면 그렇지 않았을 거야. 당장 도움을 줄 수 있는 친구를 외면하고 돈놀이나 하는 영감을 찾아가 비싼 이자를 내가며 고생했다는 것이 기분 나쁘네. 나는 자네한테 배신당한 기분이야."

"미안하이."

"그런 자네가 내 친구라니 우린 친구도 적도 아니야. 가게를 내놓든 어떻게 살든 내가 상관할 바 아니니 앞으로 우리 친구 그만 하세. 너무 서운해서 빵 값만 갚고 가겠네. 친구를 그렇게 버리는 게 아니야. 지금까지 그랬듯이 날 찾지 말게."

친구 준태는 화난 얼굴로 삼천 원을 탁자에 놓고 바람처럼 나가며 돌아보지도 않았습니다. 당황한 덕구는 따라 나서다가 발을 멈추었습니다. 화난 친구가 얼마나 빨리 달아나는지 잡을 수가 없었습니다.

"미안하다. 준태, 미안, 미안……."

그런 다음 날입니다.

덕구네 찐빵 가게로 들어가는 골목 길 입구에 이상하게 생긴 검은 차 한 대가 서 있었습니다. 승용차도 아니고 트럭도 아닌데 앞에 세 사람씩 여섯 명이 탈 수 있는 고급 칸과 뒤에 짐을 실을 수 있는 칸이 붙은 차입니다.

아침 일찍부터 와 있는 차에는 덕구 친구 준태가 타고 있었습니다. 준태는 지나가는 사람을 유심히 보고 있다가 한 사람을 눈여겨보고 차에서 내렸습니다. 그리고 그 앞으로 다가가 겸손히 인사를 했습니다.

"어른님, 실례합니다."

영감이 놀란 눈으로 물었습니다.

"누구시오?"

"말씀 좀 여쭈어 보겠습니다."

"무슨 말을 하려는 게요?"

"잠깐 이쪽에서 말씀드리겠습니다."

영감은 경계하는 눈으로 물었습니다.

"내가 왜 그리로 가오?"

"잠깐 말씀만 드리겠습니다."

"무슨 말인지 여기서 하시오."

"저 골목 안에 있는 덕구 찐빵집을 아시지요?"

"그렇소만. 댁은 뉘시오?"

"자세한 말씀은 차에 들어가서 드리지요. 제 차 안이 편합니다."

노인은 더 경계했습니다.

"왜 차에까지 올라가자는 게요?"

"그러시면 여기서 말씀드리겠습니다. 저는 덕구찐빵집 친한 친구입니다."

"그렇다면 덕구찐빵집으로 가서 이야기합시다."

"아닙니다. 덕구한테 비밀로 드릴 말씀이 있어서 그럽니다."

"무슨 말인지 해 보시오. 나 바쁜 사람이니까."

"제 말씀 오해하지 말고 들어 주세요."

"해 보시오."

"저는 강남 네거리 10층 백화점 주인입니다."

"그렇다면 누구신가. 그 빌딩 주인은 나도 아는 사이였는데……. 혹시 3년 전에 돌아가신 이상연 씨의 아드님이신가?"

"네, 맞습니다. 제가……."

"이름을 들어 알고는 있었지만 몰랐소. 이 늙은이한테 무슨 할 말이 있소?"

"조용한 데서 말씀드리고 싶습니다."

그제야 영감이 경계하지 않고 말했습니다.

"차로 올라갑시다. 누군지 알았으니 좋소."

차에 올라 준태가 정식으로 인사를 드렸습니다.

"저는 이준태라고 합니다."

"나는 박두병이오."

"박선생님이시군요."

"선생은 무슨 선생, 그냥 박할배라고 부르시게. 무슨 말인지 들어 보세."

"예, 어른님께서 비밀로 하고 도와주십시오."

"내가 뭘 도와줄 게 있나?"

"찐빵집 덕구는 제가 가장 믿고 좋아하는 친구입니다."

"그 사람 몇 년 동안 지켜보았지만 사람은 진국인 것 같았어."

"그 친구 같은 사람 흔하지 않습니다. 그래서 제가 한 가지 생각을 했습니다. 그 친구가 어른님께 자금을 빌려서 빵집을 차린 것 같은데 그렇지 않습니까?"

"그런 것 같네만."

"그 친구가 어른님께 빌린 돈을 제가 갚아드리려고 합니다."

"그게 무슨 소린가?"

"오늘도 좋고 언제든 어른님께서 빌려준 돈을 받아 주신다면 갚아 드리겠습니다."

"그렇게 큰돈을 그냥 거저 갚아준다고?"

"네, 좋은 친구를 사는데 돈이 아깝겠습니까?"

"허허, 별일이야. 세상 살다가 친구를 돈으로 사겠다는 사람을 보다니, 이 늙은이하고 농담하자는 건 아닌가?"

"어찌 어른님한테 농담을 합니까? 대신 차용증은 저를 주셔야 합니다."

"내가 차용증 받았다는 건 어떻게 아시었나?"

"들어서 알았습니다. 그러니 저한테 차용증을 돌려주시면 돈을 갚아드리겠습니다. 그 대신 제 친구한테는 절대 비밀로 하시기 바랍니다."

"이런 이야기는 옛날이야기 책에나 있는 미담인데, 허허, 그 친구가 그렇게 좋은가? 기가 막히군!"

"친구한테 빌려주신 돈을 받으시고 그 친구한테는 가서서 차용증을 잃어버렸다고 거짓말을 해 주십시오. 그리고 언제든 그것을 찾을 때 다시 올 테니 그 동안 이자만은 정확히 정기적금을 부어 두라고 하십시오."

노인은 금니를 번쩍거리며 입을 크게 벌리고 웃었습니다.

"하하하, 이런 일도 있다니, 동화책에서도 보지 못한 미담 아닌가, 하하하. 준태라고 했지? 그 맘씨가 너무 고마워서 내가 그렇게 하겠네. 내가 80이 되도록 차용증 먼저 내준 역사가 없는데 오늘은 믿고 넘겨보겠네. 자, 이것 받고 돈 돌려주게."

"아닙니다. 돈을 받으신 다음에 주셔도 됩니다."

"아니야, 난 한 번 믿으면 끝가지 믿는 사람이야. 받아. 그 대신 돈 받고 나서 덕구한테 자네가 하라고 한 대로 거짓말을 해 두겠네. 그러면 앞으로 삼년 뒤에는 이자로 천만 원이 넘을 게 아닌가. 나도 그 돈 떼어도 억울할 건 없어. 본전은 다 뺐으니까. 하하하."

노인은 까치소리같이 높은 목소리로 웃다가 한 마디 덧붙였습니다.

"내가 거짓말 하는 김에 더 큰 거짓말도 해 두겠네. 3년이 넘도록 내가 차용증을 못 찾으면 빌려준 돈은 물론 이자로 모은 적금도 안 받겠다고 말이야. 어떤가? 하하하, 오래 살다 보니 이렇게 좋은 친구를 둔 사람도 있군. 덕구가 부럽구먼, 하하하."

"고맙습니다."

"고마울 거 없어. 자네 같은 사람을 보니 세상을 믿어도 될 것 같구먼. 난 이자놀이를 하고 살면서 믿을 사람 없는 세상이라고만 생각했는데 그게 아니었어. 당장에 가서 덕구한테 말하고 오겠네."

"무슨 말씀을 하시려고 그러십니까?"

"거짓말을 하라면서? 차용증을 잃어버려서 돈을 달랄 수 없으니 차용증 찾아가지고 올 때까지는 이자를 꼬박꼬박 삼년 정기적금으로 들어 두라고 하면 안 되겠나? 하하하."

영감은 신이 난 듯 덕구찐빵가게로 갔습니다.

"덕구 있나?"

일찍이 나타난 영감을 보고 덕구가 놀란 눈으로 인사를 했습니다.

"안녕하세요? 일찍 나오셨습니다."

"돈 받는 일은 지체하면 안 돼. 내가 어제 자네한테 오늘이라고 한 말 기억하지?"

뒤에 봄세

"네, 기억하고 있습니다."

"준비가 되었나?"

"……."

"왜 말이 없어?"

"죄송합니다. 며칠만 참아주시면……."

"내가 몇 날 며칠을 기다려주면 되겠는가?"

"……."

"정 그렇다면 나도 솔직히 말하겠네. 나는 집에 두었던 차용증을 잃어버렸다네. 어디다 두었는지 생각이 나지 않는 거야. 그래서 말인데 내가 그것을 찾으면 올 테니 찾을 때까지는 나한테 줄 이자를 정기적금으로 부어 두시게. 알겠는가?"

"네?"

"왜 내 말이 안 들리는가? 차용증을 어디 두었는지 몰라서 그러니까 내가 찾을 때까지는 이자를 나한테 내지 말고 은행에 적금을 부으라는 말이야. 그리고 만약 내가 그것을 찾지 못하여 삼 년이 지나도 안 오거든 빌린 돈은 없는 것으로 하고 갚지 말게. 그리고 적금 부은 것도 다 자네가 쓰게. 난 차용증이 없으니 할 말도 없어. 알겠는가?"

"아무리 그래도 종이 한 장이 없다고 빌린 돈을 안 갚을 수는 없지 않습니까. 차용증을 안 가지고 오시더라도 저는 약속대로 다 갚겠습니다."

"그런가? 고맙네. 그렇다면 이자를 낮추어 줌세. 한 달에 얼마나 낮추어 주면 되겠는가?"

"고맙습니다. 십만 원만 내려 주십시오."

"삼십만 원으로 하자고?"

"죄송합니다."

"좋아, 자네가 차용증이 없어도 인정해 준다니 이십만 원으로 하겠네. 그 대신 사 년 동안 이십만 원씩 적금을 부어 두었다가 원금하고 같이 돌려주기 바라네. 그러면 되겠나?"

"고맙습니다. 그렇게 해주신다면 약속을 지키겠습니다."

"알았네. 난 가겠네."

"그냥 가시면 어떡합니까."

"사 년 뒤에 봄세."

영감이 뒤도 돌아보지 않고 떠났습니다.

따라 나오던 덕구는 한동안 멍하니 섰다가 빵집으로 돌아갔습니다. 그것을 멀리서 지켜보는 준태 앞으로 영감이 다가왔습니다.

"자네 덕에 나도 마음 곱게 먹고 살아야겠네."

"감사합니다. 댁까지 모셔다 드리겠습니다."

"아니야, 늙으면 걸어야 해. 하릴없는 늙은이가 바쁠 것 없어. 자네나 잘 가고 덕구 친구 많이 도와주게나. 참 고마운 친구야. 부럽네."

영감이 휘적휘적 골목길로 들어갔습니다. 준태는 생각한 것이 있어서 차를 몰고 덕구 아들이 다니는 초등학교로 갔습니다.

교무실로 들어가 앞자리에 앉은 여선생님한테 물었습니다.

"교장선생님을 만나 뵈올 수 있을까요?"

"무슨 일로 오셨는지요?"

"제게 사정이 좀 있어서……."

선생님은 준태를 교장실로 안내했습니다. 교장 선생님은 마침 책을 읽고 있었습니다.

"교장선생님, 손님이 오셨습니다."

교장선생님이 자리에서 일어섰습니다.

"어서 오세요. 이리 앉으시지요."

응접세트 앞에 앉자 안내했던 선생님이 차까지 내오셨습니다. 교장 선생님이 물었습니다.

"무슨 일로 오셨는지요?"

"긴히 드릴 말씀이 있어서 왔습니다."

"차 드시며 천천히 말씀하지요."

"제가 드릴 말씀은……. 아이들 간식은 어떻게 하고 계신지 알고 싶습니다."

"열한 시에 빵과 우유를 주고 있습니다. 그런데 예산 문제로 중단해야 할 지경입니다. 계속해야 할는지 말지 고심하고 있습니다."

"그러시군요. 제 말씀을 이상하게 생각지 마시고 들어주시지요."

"말씀하세요."

"앞으로 아이들 간식 문제는 제가 해결해 드리겠습니다."

"네?"

"그 대신 찐빵으로 했으면 합니다만."

"찐빵이라면 좋지만 그건 더 비쌉니다. 예산 절감을 하자면……."

"비싸도 상관없습니다. 교장선생님께서 도와주시면 되겠습니다."

"제가 뭘 도와드릴 것이 있나요?"

"이 학교에 박문식이라는 아이가 있습니다."

"네, 압니다. 그 아이는 공부를 잘합니다."

"그 아이 가정 사정도 아시는지요?"

"아, 아. 그 아이 아버지가 찐빵가게를 한다고 하는 것 같던데……."

"그 사람이 제 친구입니다. 사업에 실패하여 그 노릇을 하고 있지만 건실한 사람입니다. 그 친구를 돕기 위하여 말씀드리는 것입니다. 아무한테도 저를 밝히지 말고 어떤 사람이 간식비를 감당한다고만 하고 제 친구네 가게 찐빵을 납품받아 주십시오. 가능하지 않겠습니까?"

"그렇긴 한데 오백 명 아이들이 먹는 빵을 대자면 구멍가게 가지고는 어려울 텐데요."

"학교에서 받아주시기만 하면 충분히 납품할 수 있도록 하겠습니다. 앞으로 몇 달 뒤부터는 예산 관계상 누군가가 도움을 주는 대로 받기로 했다고만 해 주십시오. 그리고 제 친구한테 공장을 넓히면 학교에서 간식을 받아주겠다고만 하시면 모든 것은 제가 해결하겠습니다."

"그렇게 하신다면 고맙지요."

"제 친구를 불러서 앞으로 6개월 뒤부터 날마다 빵과 우유를 납품해 달라고만 하여 주십시오."

"알겠습니다. 그런데 선생은 뉘신지요?"

"저는 네거리 백화점 주인입니다. 부탁드립니다. 어떤 일이 있어도 저와의 비밀은 지켜주셔야 합니다. 이런 사실을 알면 그 친구는 교장선생님의 청을 거절할 것입니다."

"알겠습니다."

날개 달린 찐빵

약속한 교장선생님이 덕구찐빵집을 찾아갔습니다. 교장선생님이 오실 줄은 꿈에도 생각지 못한 덕구가 어쩔 줄을 몰라 했습니다.

"교장선생님께서 이런 누추한 곳까지 오시다니 황송합니다. 무슨 일이신지 하실 말씀이 있으시면 부르시지요."

"날마다 바쁘게 일하는 분을 한가한 사람이 오라 가라하면 되겠습니까. 편안한 마음으로 제 말씀을 들으시지요."

"무슨 말씀이신지요?"

"우리 학교에서 주던 간식을 예산 관계로 못 주게 되었습니다."

"그렇습니까?"

"앞으로 6개월까지는 되겠는데 그 다음부터가 문제입니다."

덕구는 교장 선생님이 도와 달라고 오신 것으로 생각했습니다.

"죄송합니다. 제가 넉넉하면 좋을 텐데……."

"말씀만으로도 족합니다. 어떤 후원자가 간식 비용을 감당하겠다고 하면서 다른 빵보다 찐빵을 주게 해 달라고 했습니다. 우리 학교 학부모 중에 찐빵을 만드는 분은 부형님뿐이라 의논을 하고자 왔습니다."

"누군지 몰라도 참 고마운 분이시군요."

"고맙지요. 부형님께서 그것을 납품해 주지 않겠습니까?"

"저는 안 됩니다. 기술도 부족하고 이런 구멍가게에서 오백 명이나 되는 아이들한테 무슨 수로 물량을 댑니까?"

"저도 걱정이 좀 되기는 했습니다만……."

"다른 곳에 알아보시는 편이 좋을 것 같습니다."

"기왕이면 우리 학교 학부모님이 납품하게 하고 싶습니다."

"말씀은 고맙지만 저는 해당이 되지 않습니다."

"6개월의 시간이 있습니다. 생각해 보시지요."

"저한테는 6개월이 아니라 4년이 걸려도 그럴 능력이 없습니다."

"좋은 기회라 찾아뵈었는데 유감스럽게 되었습니다. 가보겠습니다."

"감사합니다. 안녕히 가십시오."

이렇게 하여 교장선생님은 아무 소득 없이 돌아오고 말았습니다. 그리고 며칠 뒤 준태가 교장실을 찾았습니다.

"어떻게 되셨습니까?"

"자기 처지를 잘 알고 과욕을 부리지 않는 분 같았습니다."

"그렇습니다. 그 친구는 욕심이 없습니다. 그래서 제가 좋아합니다."

"그럼 어떻게 할까요? 그분 말대로 다른 업자를 알아보아야 할까요?"

"아닙니다. 다른 업자를 도울 생각은 없습니다. 어렵지만 한번만 더 다녀오십시오."

"그야 어렵지 않습니다만."

"다시 가시거든 공장을 차리고 본격적으로 찐빵을 만들 수 있는 자금을 대준다고 해 주십시오."

"그렇게 할까요?"

교장선생님은 머뭇거리다가 말했습니다.

"공장을 차리고 원료를 사들이고 사람을 더 써야 하는데, 그러자면 공장도 지어야 하고……. 아주 큰돈이 들지 않으면 안 될 것 같습니다."

"들어도 해야지요."

교장선생은 또 머뭇거리다가 한 가지 제안을 했습니다.

"요새는 인구가 줄어서 학생 수도 많이 줄었습니다. 우리 학교가 예전에는 천오백 명의 학생이 있었는데 지금은 그 반도 안 됩니다. 그래서 교실이 많이 비어 있습니다."

"……."

"후문 길 쪽으로 학교 건물 하나가 비어 있습니다. 학교 쪽에 담을 치고 그 후문 옆 교실 두서너 개쯤 비워서 공장으로 만들면 어떨까 하는 생각이 듭니다만."

"그렇습니까? 그러면 좋겠습니다."

"제가 상부에 건의를 해 보겠습니다. 교장이라도 학교 건물을 제 맘대로는 할 수 없으니까요. 학교 사정을 보고하고 학생들에게 좋은 간식을 무상으로 제공할 수 있다는 취지를 알리면 위에서도 허락할 것입니다."

"그렇게 해 보시지요. 그러면 저는 공장 차리는 자금을 내놓고 협조하겠습니다. 부탁입니다, 어디까지나 그 친구한테 저를 알려서는 안 됩니다."

"알겠습니다. 잘 되면 6개월도 안 걸리고 해결될 것 같습니다."

이렇게 모든 일은 착착 진행되어 학교 후문 교실이 찐빵공장으로 바뀌었습니다. 덕구찐빵 주인이 된 덕구는 누군지 모를 후원자의 도움에 감사하고 교장 선생님께 감사하며 아주 크고 맛있는 찐빵을 만들 결심을 했습니다.

그 동안은 시장에서 아무 밀가루나 싼 것을 사다가 썼고 앙꼬 팥도 외국에서 들여온 수입품을 썼지만 대형 공장을 운영하면서는 국산 밀을 방앗간에서 직접 빻아다 쓰고 팥도 국산 팥만 넉넉히 썼습니다.

아이들이 간식으로 빵을 나누어 주자 크다고 좋아했지만 색깔이 누렇다고 안 먹는 아이도 있었습니다. 그러나 얼마 안 가서 선생님들과 학부형들이 진짜 좋은 찐빵을 알게 되었고 모두가 좋아했습니다.

그뿐 아니라 인근 주민들도 덕구찐빵을 사겠다고 줄을 섰습니다. 소문은 발 없이도 잘 돌아다닙니다.

다른 학교에서도 납품해 달라는 청이 들어오는가 하면 네거리 백화점에서도 찐빵코너를 만들어 놓고 납품을 요청했습니다. 백화점에 찐빵코너가 생기자마자 사람들이 개미떼처럼 몰려들어 하루치가 순식간에 바닥이 났습니다.

네거리 백화점 주인 준태는 덕구찐빵이 잘 팔리자 속으로 좋아서 날마다 벙글거렸습니다. 찐빵이 유명해지자 손님들이 찐빵을 사러 오는 통에 백화점 장사도 잘되었습니다.

마음씨 고운 덕구는 아내한테 말했습니다.

"근처 빵집이 우리 때문에 장사가 안 된다고 말이 많아요. 우리 때문에 다른 사람들이 피해를 입어서는 안 된다고 생각하오. 어떻게 생각하시오?"

"저도 걱정을 했어요. 그렇다고 오는 손님을 못 오게 할 수도 없고……."

아내의 말에 덕구는 이렇게 결정을 했습니다.

"앞으로는 하루 생산량을 줄여야 되겠소. 학교에 오백 개하고 백화점에 삼백 개, 그리고 여기서 이백 개를 합하여 천 개만 만듭시다."

"그래요. 우리 잘살자고 남들한테 피해를 주어서는 안 되지요."

그리고 곧바로 생산량을 줄였습니다. 하루에 2천 개씩 나가던 수량을 줄이자 사가려는 사람들 사이에 다툼이 벌어지기도 했습니다. 그래도 덕구는 정량만 만들어 내고 더 이상 욕심을 부리지 않았습니다.

이 년 만에 덕구는 부자가 되었습니다. 하루는 덕구가 교장선생님을 만나 한 가지 제안을 했습니다.

차용증보다 신용이 먼저

"교장 선생님, 고맙습니다. 제가 이리 오기 전에는 사글셋방을 살았지만 선생님 은혜로 지금은 집도 사고 사업도 잘되어 부자가 되었습니다. 그동안 누구신지 모르지만 학교 간식비를 제공하신 분의 은혜도 잊지 않겠습니다."

"모두가 부형님이 성실하여 받은 보응이지요."

"모두가 교장선생님의 은덕입니다. 말씀드리기 조심스럽습니다만 이제 저도 학생들한테 간식거리를 제공할 만큼 좋아졌으니 간식은 앞으로 제가 맡도록 해주십시오. 그리고 그 동안 도와주신 분한테는 고맙다고 전해주시고 이제 다른 사람이 뒤를 잇게 되었다고 해 주십시오."

"그건 좀 어려울 것 같습니다. 그분이 그런 제안을 받아들일 분이 아니십니다."

"어떤 분이신데 그럴까요? 저를 살려주신 분이시라 만나서 은혜를 갚아야 할 분이 아니신가요?"

"그렇기는 하지요. 그분은 부형님과 우리 학교에 큰 힘이 되어 주신 분입니다."

"그분이 뉘신지 말씀해 주시면……."

"그 청만은 들어드릴 수가 없습니다."

"그러시면 더 여쭙지 않겠습니다. 그분의 짐을 제가 반이라도 나누어질 수 있는지 그것이나 상의해 보시지요."

"그런 분이 아니십니다. 아무 생각 마시고 지금 하시는 일에만 전념해 주십시오. 저는 직원회의가 있어서……."

교장 선생님은 급히 자리를 떴습니다.

덕구는 학교에서 나와 좁쌀영감을 찾아갔습니다. 영감은 여전히 꼬장꼬장한 모습으로 자기 건물 관리사무실에서 까치보다 빽빽대는 음성으로 누군가와 전화를 하고 있었습니다.

"내일까지 원금 돌려오라고! 이 사람아, 이자도 제대로 안 보낸 것이 몇 달째야? 뭐야? 이자가 높다고?"

덕구가 들어서자 영감은 전화를 급히 끊고 금니를 번쩍거리며 자리에서 일어섰습니다.

"아아니, 박사장이 웬일이신가?"

"그간 평안하셨습니까?"

"그럭저럭 살고 있네만, 무슨 바람이 불어서 예까지 오셨나? 듣자하니 요새 덕구찐빵이 날개가 돋혀 사고 싶어도 못 산다는 소문이 자자하던데 어떤가?"

"소문이 그런 것뿐이지요."

"다 듣고 있었네. 다른 사람들한테 피해를 안 주려고 하루에 천 개밖에 안 만든다면서?"

"아닙니다."

"그런데 왜 그런 소문이 떠도나? 다른 사람들은 그런 빵을 만들려고 해도 못 만든다는 말도 들리던데 무슨 재주로 그렇게 좋은 빵을 만드는가?"

"좋은 자료에 아낌없는 정성을 담을 뿐이지요."

"참 좋은 말일세, 좋은 자료에 정성을 담는다? 하하하. 좋은 말이야."

"영감님, 제가 약속한 사 년이 아니라 이년 만이지만 빌렸던 돈을 갚으러 왔습니다."

영감은 눈을 번쩍 떴습니다.

"뭐라고?"

"빌려주셨던 돈과 이자를 갚으려고 왔습니다."

"이 사람아, 내가 차용증을 잃어버려서 찾을 때까지 기다리라고 하지 않았던가?"

"차용증이 무엇이 그리 중요합니까. 그런 것 없어도 신용이라는 것이 있지 않습니까? 저는 차용증보다 신용을 더 믿습니다."

"자네는 그런지 몰라도 나는 달라. 만약 누군가가 내가 잃어버린 차용증을 주워가지고 박사장한테 돈을 내놓으라고 하면 어떻게 하겠는가?"

"그럴 리는 없습니다. 거래 은행 계좌를 알려주시면 오늘이라도 입금해 드리겠습니다."

"그건 안 될 말일세. 난 그렇게는 못해."

"왜 그러십니까? 갚는다는데……."

"돈을 떼이더라도 차용증 없이는 못 받네. 어디 가서 자네가 그것을 찾아가지고 온다면 모를까."

"그러지 마시고 은행 계좌나 알려주십시오."

"안 된다니까."

닫힌 입엔 열쇠도 없다

"그러시면 내일 돈을 가지고 오겠습니다."

"이 사람아, 안 된다면 안 되는 줄 알아!"

영감은 약간 화가 난 목소리였습니다.

"내일 다시 오겠습니다."

영감이 까치소리를 냈습니다.

"오지 마!"

다음 날 덕구가 돈 보따리를 들고 좁쌀영감을 찾아갔습니다. 눈앞에 돈다발을 펴놓자 영감이 당황한 소리로 거칠게 말했습니다.

"이 돈 가지고 가서 차용증을 사오시게."

"네?"

"난 그 차용증이 없으면 절대로 받을 수 없네."

"차용증이 무슨 소용입니까? 신용이 더 중요하지요. 받으세요."

"아닐세. 받아도 사 년 뒤에 받을 테니 가지고 가서 기다리게."

"이자도 깎지 않고 예전처럼 한 달에 사십만 원씩 계산했습니다."

좁쌀영감은 더 단호히 거절했습니다.

"이자고 뭐고 필요 없어. 도로 가져갔다가 사년 뒤에 보자 하지 않았는가. 난 급한 일이 있어서 나가 봐야 하네."

영감은 일어나 횡하니 나가고 말았습니다. 덕구는 돈을 그대로 두고 나올 수도 없어서 도로 싸들고 나와 은행으로 갔습니다.

'별일 다 보겠네. 돈이라면 독약도 마실 어른이 어찌 된 일인가? 참 이상해……'

덕구는 교장선생님한테 거절당하고 돈을 갚겠다는데 그마저 영감한테 거절당하고 나니 제 정신이 아니었습니다.

'내가 꿈을 꾸는 건가? 꿈인가 생시인가? 세상인심이 이렇게 좋을 수가, 허허허허.'

덕구는 세상에 태어나 이런 경험은 처음입니다. 거절을 당하고 허전해지는 순간 갑자기 잊었던 준태 생각이 떠올랐습니다.

어려운 일이 있을 때 자기한테 상의 한번 안 했다고 화가 나서 돌아가 연락이 없는 친구입니다. 그런데 왜 갑자기 그 친구 생각이 나는지 몰라 친구를 찾아갔습니다.

그렇게 화가 나서 떠났던 준태가 덕구를 보자 반가워했습니다.

"오랜 만일세. 덕구."

"그래, 오랜 만이야. 잘 지냈나?"

"덕구찐빵이 그렇게 유명하다면서?"

"유명하기는, 그런 소문을 들었으면 시식하러 한번 왔어야지."

"자네가 너무 괘씸해서 안 갔지. 하지만 덕구찐빵 덕에 우리 백화점 장사가 잘 된다고 하더군."

덕구가 웃으며 물었습니다.

"그런가? 백화점에서 무슨 찐빵을 파느냐고 반대한 사람이 자네가 아니었던가?"

"나야 입점한 사람들이 하는 일이라 상관없지만 폼으로 해본 소리였지. 아무튼 자네 찐빵이 손님을 끌어 모아 우리 백화점이 덕을 크게 보고 있는 건 사실이야. 그러나 자네가 괘씸해서 한번 틀어진 화가 쉽게 안 풀려서 가 보지도 않고 연락도 안 했네. 미안하이. 그런데 오늘은 웬일로 여기까지 왔는가?"

친구 준태는 얼굴 색 하나 변하지 않고 태연하게 아무것도 모르는 양 딴소리를 쳤습니다. 그러면서 속으로 웃었습니다.

'사랑하는 덕구야, 네가 잘살게 되어 고맙다. 이렇게 조금만 도와주면 팔자가 바뀌는 건데 어째서 나한테 말 한 마디 않고 고생을 했어, 이 사람아. 자네가 잘사니 내가 이렇게 기쁘지 않은가. 흐흐흐.'

친구 속을 모르는 덕구는 웃으며 말했습니다.

"난 오늘 아주 이상한 일만 당하고 왔어."

"무슨 일인데?"

"나를 도와주신 교장선생님한테 이제부터는 학생들 간식을 내가 맡겠다고 말씀드렸더니 절대 안 된다는 거야. 그래서 나도 이렇게 살만하게 되었으니 누군지 모르지만 급식 후원자 분의 부담을 반만이라도 덜어드리려고 했는데 안 된다는 거야. 그래서 그 고마운 분을 만나게만 해 달라고 해도 그마저 안 된다고 하시는 거였네. 또……."

"또?"

"이상한 일이야, 참 이해가 안 간단 말이야. 그 노랭이 돈벌레 좁쌀영감이 전혀 달라졌어. 내가 전에 비싼 이자를 쓰고 있다고 하지 않았나?"

"그랬지. 갚은 이자가 원금보다 많다는 말도 했고."

"그 영감이 말일세, 허허허."

"왜? 이자를 더 높이자고 하던가?"

"아니, 그게 아니고……. 영감이 내가 써준 차용증을 잃어버렸다는 구먼."

"그래서?"

"그래서 차용증을 찾을 때까지는 돈을 받을 수 없다는 거야. 그래서 이자 받으러 오지 않을 테니 이자를 적금으로 부었다가 사 년 뒤에 갚으라는 거야. 만약 차용증을 못 찾으면 받기를 포기하겠다면서 나보고 잃어버린 차용증을 사오라는 걸세. 그걸 내가 어떻게 사겠나, 하하하."

"그야 당연하지, 차용증 없이 어떻게 원금이나 이자를 받을 수 있는가."

"이 사람아, 그 따위 종이쪽지가 무엇이 그리 대단한가. 꾼 건 꾼 거고 갚을 건 갚아야지. 그게 신용 아닌가."

"자네는 그래서 큰 부자가 못 되는 거야. 겨우 밥술이나 먹게 되니까 별짓을 다 하는구먼."

"난 부자보다 남의 신세 안 지고 착하게 사는 사람이 되고 싶을 뿐일세."

"그 마음을 보고 하나님이 도우시는 거야."

"자네도 그런 말을 할 줄 아는가?"

"왜?"

"하나님이고 뭐고 다 소용없다 하지 않았던가."

"그랬지. 하나님 팔아 헌금 모아 제 맘대로 쓰는 부자 목사한테 불만이 있고 산속에 앉아 입만 가지고 신도들 시주받아 어디다 쓰는지도 알 수 없는 주지승한테 돈 바치는 것이 불만이니까."

"그분들은 다 자선에 쓰는 거라네."

"난 모르겠네. 자네 같은 사람은 하나님과 친하게 지내니까 그런 변명을 해 주고 있겠지만."

"이 사람아. 이제 나이도 먹을 만큼 먹었으니 하나님하고 친하게 살아 보게. 그래야 나하고 같이 천국에 가서도 안 떨어지고 살지 않겠나."

"난 죽으면 그만이라고 생각해. 하늘나라고 극락이고 다 안 믿어. 믿을 수 있는 건 자네 같은 샌님하고 돈뿐이야. 내가 믿을 수 있는 건 돈하고 자네뿐이라니까, 하하하."

"거짓말 말게. 정말 친구라면 내가 가는 곳에 같이 가야지, 나도 친한 친구가 어떻게 되는지도 모르면서 나만 천당 가서야 되겠는가? 지옥이라도 같이 가는 게 친구지."

"내가 지옥으로 가면 거기까지 따라오겠는가?"

내가 네 하나님이다 흐흐

"지옥이 얼마나 무서운 곳인데 거길 가겠나. 난 어떤 일이 있어도 자네하고 천국 갈 걸세."

"하하하, 고맙네. 하지만 어림없는 소리는 말게. 나는 누가 뭐라고 해도 하나님도 부처님도 안 믿네. 다만 자네가 믿는 하나님이 정말 자네를 잘살게 해주는지 그것이나 두고 보려네."

"자네 입으로 지금 하나님이 나를 도우셔서 이렇게 잘살게 되었다고 말하지 않았는가?"

준태는 속으로 웃었습니다.

'그랬지, 그렇고말고. 내가 자네를 도와준 하나님이 아닌가. 내가 자네 하나님이라고. 흐흐흐……'

친구 속을 모르는 덕구는 이왕 입을 연 김에 전도를 하려고 했습니다.

"친구야, 세상 모든 사람들은 하나님 은혜로 사는 거야. 그 은혜를 알고 감사하며 사는 사람이 있는가 하면 자기 능력으로 산다고 교만하게 사는 사람이 있어. 성경에 가장 큰 죄가 뭐라고 했는지 아는가?"

"그런 건 유치원생도 아는 문제야. 말해 볼까?"

"말해 보게."

"살인하지 말라, 도둑질하지 말라, 간음하지 말라, 거짓말 하지 말라, 남의 아내나 여종이나 아무것이든 탐내지 마라. 이것이 내가 동의하는 인생 오계명이지. 어때 이만하면 백점 아닌가."

"어디서 그런 걸 배웠나?"

"교인들이 하는 말이고 불자들이 하는 소리 아닌가. 다 좋은 말이지. 귀 두었다 무엇에 쓰나, 그럴 때 쓰는 거지."

"그 말 말고 다른 말은 없던가?"

"글쎄, 무슨 말이 더 필요할까?"

"하나님은 사랑의 하나님이고 용서하는 하나님이라네. 자네가 말한 모든 것이 세상 죄지만 하나님은 그런 죄를 지은 자가 회개하고 하나님 앞에 엎드리면 다 용서해 주신다고 했네."

"바람을 피우고 살인한 죄까지도 용서한다고?"

"물론, 죄를 짓고 숨기고 살면 용서하지 않으시지만 하나님 앞에 죄를 고백하고 회개하면 용서한다는 말일세."

"하나님은 참 편리한 하나님이로군. 죄짓고 용서를 빌면 좋다, 좋다 용서하마 한단 말이지?"

"그렇다니까. 그러나 그런 죄보다 큰 죄가 있다네. 그 죄만은 하나님이 용서하지 않는 죄라네."

"인색하고 무서운 하나님이로군."

"무서운 하나님이지. 자식 사랑하는 아버지 치고 무섭지 않은 아버지가 어디 있는가. 자식이 죄를 지으면 매를 들고 바로잡아 주는 것이 아버지가 아닌가."

"그건 사람 이야기고. 하나님과 사람은 다르지."

"하나님은 사람과 똑같이 질투도 하고 벌도 주신다네. 자식이 살인을 하고 도둑질을 하고 나서도 아버지한테 다시는 안 그러겠다고 빌면 아버지는 어떻게 하는가. 아무리 죄가 밉고 자식이 미워도 끝내는 다시 그러지 말라고 용서하는 것이 아버지 아닌가?"

"그렇지."

"그런데 아무리 자기가 낳은 자식이라도 아버지가 용서하지 못하는 죄가 하나 있네."

"아버지로서 용서 못할 죄가 무엇이 있는가?"

"그게 바로 하나님과 아버지가 같은 점이라네."

"허허, 나를 데리고 말장난 하자는 건가?"

"만약 자네 아들이 죄를 지어 용서를 다 해 주었더니 그 자식이 고맙다는 말은 안 하고 '난 당신과 모르는 사이요, 난 당신을 아버지로 인정할 수 없소. 난 아버지 없는 사람이오.'한다면 자네는 어떻게 하겠는가?"

"그런 자식이 내 자식이라면 아무리 잘나고 재주가 뛰어나도 집에서 내쫓을 것일세."

"그럴 때도 내 자식이네 하고 안아주고 용서해야 하지 않을까?"

"자식이 제 아비를 부정하는 놈을 가만 둘 수 있나. 당장에 나가서 거지가 되어 길바닥에서 죽더라도 난 용서하지 않을 걸세."

"바로 그거야."

"그거라니?"

"하나님 맘을 그래도 모르겠나?"

"허허, 이 사람 나한테 전도하려고 최면 거나?"

"그런 최면에 걸리는 사람은 행운아야."

"그만 두고 다른 이야기나 함세."

"그러지, 한 마디만 더 하고……."

"무슨 말을 하려고? 예수쟁이는 언제나 말이 많아서 탈이야."

"아무리 말이 많아도 허튼 소리는 안 하지. 하나님이 모든 죄는 다 용서할 수 있는데 나를 부인하는 사람은 내 자식이 아니므로 죄 지은 자나 안 지은 자나 아무리 선한 일을 했다고 자랑해도 지옥 불에 던져 버리리라 하였네. 즉 죄 중에 하나님을 믿지 않는 죄가 가장 크다고 하였네."

준태는 속으로 비웃었습니다.

'그렇게 잘 믿는 너를 하나님은 어째서 그 꼴로 버려두었단 말이냐. 내가 안 도와주었으면 지금도 좁쌀 노랭이 영감한테 이자를 바치고 근근이 살고 있을걸. 내가 도와준 것도 하나님이 도와준 거라고? 인생은 다 태어났다가 죽어서 없어지는 거야. 살았을 때 즐기고 신나게 살다 가는 거다, 이 친구야. 하나님이 어디 있어? 너의 하나님은 바로 나라니까, 흐흐흐.'

순진한 덕구는 친구가 이제 제대로 알아들었나 보다 하고 생각했습니다. 그러나 친구 준태는 엉뚱한 소리를 했습니다.

"친구 덕에 좋은 설교 잘 들었네. 아무리 그래도 나한테는 안 먹혀들지. 내가 누군가. 돈과 자네 같은 샌님 외는 아무것도 안 믿는다니까. 설교는 오늘로 족하니 다음부터는 설교할 생각은 말고 세상 이야기나 함세."

"내가 벽에다 대고 말했나 귀에다 대고 말했나?"

"벽은 아니야. 재미있는 말만 듣는 귀인데 재미없는 나팔을 분 자네가 바보짓을 한 것이지."

"아무튼 난 자네가 고마울 뿐이니까."

"고맙다고, 무엇이?"

"내가 할 말을 다 할 때까지 들어주었고 자네 백화점에 찐빵코너가 생겨도 눈감아 주었으니까."

"그건 자네를 위해서가 아니라 우리 백화점에 찐빵 사러 오는 손님이 많아져서 그런 것뿐이야."

"아무튼 고마워. 난 돌아가겠네. 좋은 소식 있으면 불러주게."

"알았어, 좋은 소식 전할 때까지 사업 잘하고 잘 지내게."

친구와 헤어져 덕구는 이런 결심을 했습니다.

'저 친구 고집은 꺾을 사람도 없지만 전도도 안 통하는 사람이다. 제 멋대로 사는 사람이니 하나님한테 맡길 수밖에 없다. 그의 구원을 위해 백화점에서 들어오는 수입의 십일조를 이준태라는 이름으로 바치리라. 그러면 하나님도 도우시겠지.'

이런 결심을 하고 백화점에서 들어오는 한 달 수입의 십일조를 이준태 이름으로 하나님께 바치기 시작했습니다. 남의 이름으로 십일조 하는 것을 안 아내가 웃으며 말했습니다.

"별일 다 보네요. 십일조는 자기 믿음으로 자기가 해야지 남이 해주는 법이 어디 있어요?"

"별일이라고?"

"별일이지요."

"하나님은 별일이라도 이해하여 주실 거야."

"호호호, 세상에 남의 이름으로 십일조 바치는 사람이 있다니, 하나님도 웃으실 거예요."

"내게 가장 친한 친구인데 천당까지 데리고 가려면 어쩔 수 없잖소?"

"글쎄요. 하나님이 인정해 주실까요?"

"인정해 주실 줄 믿소."

"그 친구한테 무슨 덕을 그렇게 많이 보셨수?"

"그 백화점에서 우리 찐빵을 팔게 하는 것만도 굉장한 혜택이오. 백화점에서 고급 빵 파는 것은 보았지만……."

"그렇게 생각하면 일리가 있긴 한데 아이들 소꿉장난 같지 않아요?"

"믿음은 어린 아이 같아야 한다고 하였소."

"말로는 당신을 당할 수 없어요. 잘해 보시우."

이렇게 일 년이 지난 어느 날 덕구는 급한 전화 한 통을 받았습니다.

위기에 처한 친구

"누구라고요?"

"전화 받으시는 분이 박덕구씨 맞습니까?"

"그렇습니다만."

"여기 청산시에 있는 청산병원입니다. 이준태씨를 아시지요?"

"예, 압니다. 댁은 누구십니까?"

"저는 청산시 경찰서 조문수 경사입니다."

"이준태씨한테 무슨 일이 있습니까?"

"매우 위독합니다. 빨리 좀 와 주시지요."

"위독하다고요? 무슨 일입니까? 알겠습니다."

덕구는 갑자기 가슴이 두근거리고 불안했습니다. 급한 마음에 아무 것도 생각지 못하고 청산시로 달려갔습니다. 병원 응급실 병상에 준태가 누워 있고 경찰이 지켜보는 가운데 의사가 치료를 하고 있었습니다.

덕구가 허둥거리고 오자 경찰이 물었습니다.

"박덕구 씨이신가요?"

"그렇습니다. 어찌 된 일입니까?"

"이 분이 등산하다가 낭떠러지에서 떨어져 쓰러져 있는 것을 시민이 신고하여 급히 병원으로 옮겼습니다. 피를 많이 흘려서 위험한 상태입니다."

"정신 상태는 어떤가요?"

"의식이 없습니다. 조금만 늦었어도 큰일 날 뻔했습니다. 정신은 돌아오지 않았지만 생명에는 지장이 없는 것 같습니다."

"감사합니다. 감사합니다."

의사가 물었습니다.

"친구분이신가요?"

"그렇습니다."

"가족은 없습니까?"

"있습니다만 가족과는 연락이 없어서……."

"가족한테 알려야 하지 않겠습니까?"

"알려야지요. 그런데 어떻게 저의 연락처를 아셨습니까?"

경찰이 친구의 가방을 보이면서 말했습니다.

“이 가방 안에 책이 하나 있고 알 수 없는 차용증이 책갈피에 들어 있었습니다. 보시지요.”

덕구는 가방 안의 책을 꺼내어 펴보았습니다. 책갈피에 있는 낯익은 종이를 펴보다가 깜짝 놀랐습니다.

‘아니! 이건?’

그건 좁쌀영감한테 써주었던 차용증이었습니다. 그 차용증 뒤에는 준태의 글씨로 이렇게 씌어 있었습니다.

〈하나님이 안 도와주면 내가 도우마. 덕구야, 힘내라.〉

덕구는 갑자기 눈물이 왈칵 쏟아졌습니다.

‘차용증이 어떻게 네 손에 있는 거냐? 네가 나를 돕기 위해 이걸 가지고 있었구나.’

경찰은 차용증에 있는 주소와 전화번호를 보고 연락한 것이었습니다. 경찰이 물었습니다.

“이 사람과 박덕구 씨는 어떤 관계이십니까?”

“친구입니다.”

“친구끼리 돈 거래가 있으셨습니까?”

“없었습니다.”

“그런데 어째서 이 사람이 박덕구씨의 차용증을 가지고 있지요?”

경찰은 수상하여 물었습니다. 차용증 가진 사람이 위험한 처지에 있는데 박덕구라는 사람이 채무자라면 아무리 친구라도 믿을 수 없다고 생각한 것입니다.

“저도 확실히 모르겠습니다만 이 친구한테 돈을 빌리고 써 준 것은 아닙니다."

"그게 무슨 말인가요?"

"이 사람은 저를 끔찍이 아껴주는 사람입니다. 짐작으로는 제가 돈 빌린 사람한테 시달리는 것을 알고 저 몰래 돈을 갚고 이것을 돌려받은 것 같습니다."

이렇게 말하고 보니 좁쌀영감이 돈을 안 받겠다고 하는 것이나 차용증을 잃어버렸다고 한 것이 모두 그냥 한 소리가 아니라는 생각이 들었습니다. 이때 의사가 급히 말했습니다.

"환자가 매우 위험합니다. 지체할 시간이 없습니다. 피를 너무 많이 흘렸고 떨어진 충격으로 갈비뼈가 부러졌는데 수술을 하자면 수혈을 해야 합니다."

덕구가 물었습니다.

"병원에 수혈할 피가 없습니까?"

"있지만 이 환자의 혈액은 알에치 투라 수혈할 수가 없습니다."

"전에도 방송을 하여 같은 혈액 소유자를 구하는 것을 보았습니다. 제가 비용은 댈 테니 방송국에 연락해 보시면 안 되겠습니까?"

"여기는 외진 곳이라 어디서 찾는다 해도 시간이 문제입니다. 앞으로 열 시간을 견디지 못할 것 같습니다."

검은 그림자

덕구는 눈앞이 캄캄한 중에 언뜻 생각이 나서 말했습니다.

"제 피를 수혈해 주실 수 없을까요? 저는 O형입니다만."

“확실합니까?”

“초등학교 때 선생님 그러셨습니다.”

“이 환자는 혈액이 특수해서 오형이라 하더라도 수혈이 가능할는지 장담할 수 없습니다.”

“오형은 아무한테나 줄 수는 있지만 다른 혈액은 받을 수 없다고 들었습니다.”

“그건 그렇습니다만……. 아직 제가 이런 경험을 해 보지 않아서 어떨는지 모르겠습니다. 수혈을 하다가 안 맞으면 생명에…….”

“어차피 시간이 없는데 가만히 두고 죽는 것을 보느니 제 피라도 주어보고 싶습니다. 안 맞아서 죽더라도 해 보시지요.”

의사는 한동안 망설이다가 곁에 있는 경찰관한테 물었습니다.

“어떻게 하면 좋겠습니까?”

“맞는 혈액형을 만나지 못하면 죽을 수밖에 없지 않아요? 그럴 바에는 이 친구 분의 피라도 해 보시는 것이 어떨는지…….”

“잘못되어 의료사고라도 나면…….”

경찰이 박덕구한테 정색을 하고 물었습니다.

“박선생, 진심으로 하시는 말씀이십니까?”

“네. 진심입니다. 내 친구를 살릴 수만 있다면 모슨 짓이든 하겠습니다.”

의사가 말했습니다.

“수혈 중에 본인도 위험할 수 있습니다. 이 자술서에 이름과 서명을 해 주십시오.”

덕구는 의사가 내놓는 서류에 서슴없이 이름을 쓰고 사인을 했습니다.

"이렇게 하면 됩니까?"

"그러시면 혈액형 검사를 한 번 더 확인하겠습니다. 오형을 확인해야 합니다."

"좋습니다."

그렇게 하여 혈액형 검사를 다시 한 의사가 말했습니다.

"오형이 맞습니다. 다시 한 번 생각해 보시고 결정하십시오."

"더 이상 생각할 것 없습니다. 수혈할 수 있게 해 주세요."

마침내 병원 원장을 비롯하여 전문의 여러 명이 둘러선 가운데 덕구와 준태는 두 침대에 나란히 누웠습니다. 준태는 죽은 사람처럼 창백한 얼굴에 숨만 겨우 쉬고 있었습니다.

주사 바늘이 따끔하고 찌르는 순간부터 덕구의 피가 준태의 몸으로 흘러들었습니다. 준태한테 별 일이 없어야 하는데 하는 걱정이 스치고 지나가고 어느 순간 덕구는 잠이 들었습니다.

완전히 의식을 잃고 숨만 쉬는 준태는 꿈길을 헤매었습니다.

깊은 산속에 혼자 누워 있는데 누군가가 툭 쳤습니다. 누구야? 하고 눈을 떠 보았습니다. 새까만 외투를 걸치고 시커먼 얼굴에 눈은 있는데 눈동자가 없는 그림자 같은 사람 형상이 소리쳤습니다.

"일어나 이놈아!"

준태는 벌떡 일어서서 대답했습니다.

"넌 누구냐?"

"이놈이! 너라니? 내가 누군 줄 모르느냐?"

준태는 잠깐 생각했습니다.

'이 인물은 동화책에서 읽어 본 저승사자같이 생겼는데······?'

그 형상은 시커먼 얼굴을 들이대고 히죽히죽 웃으며 대답했습니다.

"나를 알고 있으면서 누구냐고 묻다니 건방진 놈. 따라 와!"

검은 그림자가 앞을 가면서 명령했습니다.

"어디로 가는 거냐?"

"지옥으로 간다."

"지옥이라고?"

"네 놈이 갈 데가 어디 있느냐? 천당 갈 일을 하고 왔으면 내가 오지도 않았다."

"뭐라고?"

"너 같은 놈은 지옥으로 가는 거다. 알겠느냐?"

"나는 한평생 악한 일은 한 적이 없다. 착하게 살아 온 내가 지옥을 가다니? 나를 놀리는 거냐?"

"이런 건방진 놈, 말이 많다!"

그러면서 발로 한쪽 다리를 차는데 얼마나 아픈지 그 자리에 푹 고꾸라지며 소리쳤습니다.

"아아. 앗!"

시커먼 그림자가 냉랭한 소리로 말했습니다.

"이놈이 죽는 소리를 쳐? 한 번 더 차기 전에 입 다물어!"

검은 그림자가 성큼성큼 걸으며 소리쳤습니다.

"빨리 따라오지 못해?"

"네, 네."

겁먹은 준태는 한쪽 다리를 절뚝거리며 그 뒤를 따랐습니다.

심판대 앞에서

시커먼 저승사자는 바람처럼 빠르게 달려가면서 소리쳤습니다.

"빨리 따라와, 이놈아!"

준태는 절름절름 그 뒤를 따랐습니다. 사방이 컴컴하고 으스스한 골짜기를 지나 하루 종일 달려 한 곳에 도착했습니다. 멀리 빛이 보이는가 싶었는데 갑자기 앞이 환하게 밝아지면서 높은 보좌가 앞을 가로막았습니다. 보좌는 눈이 부셔서 바로 볼 수가 없었습니다.

시커먼 사자가 준태한테 명령했습니다.

"이놈아, 무릎 꿇고 큰절을 올려라."

준태는 아무 말 못하고 그 앞에 무릎을 꿇고 큰절을 올렸습니다. 빛이 쏟아지는 높은 중심에서 우렁우렁 천둥 같은 소리가 들려왔습니다.

"고개를 들라아아!"

준태는 고개를 들고 올려다보았습니다. 빛이 너무 강하여 말하는 이의 얼굴은 볼 수 없고 빛만 보았습니다. 빛 가운데서 소리가 났습니다.

"왼편을 보라."

왼편을 보다가 눈을 감았습니다. 거기는 엄청나게 큰 화덕에서 유황불덩어리가 이글거리고 타는데 한 사람이 던져지자 순식간에 지글지글 기름덩어리로 활활 타서 연기로 사라졌습니다.

빛 가운데서 또 소리가 들렸습니다.

"오른쪽을 보아라."

그쪽은 넓고 아름다운 길이 멀리 파란 하늘 밑으로 뻗어 있었습니다. 그 길로 하얀 차림의 천사가 정결한 사람을 앞세우고 가고 있었습니다.

'아아! 저기가 천당인가 보다.'

이런 생각을 하는데 빛 가운데서 묻는 소리가 들렸습니다.

"넌 어디로 가겠느냐? 왼쪽이냐 오른쪽이냐?"

준태는 감히 입을 열 용기가 나지 않았습니다. 그러나 속으로 대답했습니다.

'오른쪽 파란 하늘이 보이는 곳으로······.'

빛 가운데서 천둥 같은 웃음소리가 터졌습니다.

"하하하하! 그래도 지옥으로 가고 싶지는 않은 모양이로구나. 대답하라. 저 천사가 가는 길로 가고 싶으냐 아니면 불속으로 들어가고 싶으냐?"

"······."

대답을 못하자 빛 가운데서 소리가 들렸습니다.

"대답은 나중에 듣겠다. 지금 새로 들어온 자를 끌어오너라."

시키면 사자가 한 노인을 끌고 왔습니다. 준태는 그 노인을 보는 순간 눈을 감고 말았습니다.

'아, 아니! 저 영감이!'

좁쌀영감이 사자한테 잡혀온 것입니다. 빛 가운데서 천둥 같은 음성이 떨어졌습니다.

"너는 88년 동안 무슨 일을 하였느냐?"

좁쌀영감은 감히 입을 열지 못했습니다. 대답이 없자 빛 가운데서 명령이 떨어졌습니다.

"저 늙은이 장부를 가져오너라."

사자가 장부를 빛 가운데로 올렸습니다. 장부를 받자 빛 가운데서 묻는 말이 떨어졌습니다.

"너는 큰돈을 가지고 살았구나. 이렇게 많은 돈을 가지고 무슨 일을 하였느냐?"

좁쌀영감은 말을 못하고 엎드려 벌벌 떨기만 했습니다.

"무슨 일을 했는지 대답하라. 다음 잡혀온 사람을 데려오너라."

준태는 그 사람을 보고 더 놀랐습니다. 고등학교 선생을 하고 대학 교수를 하다가 국회의원이 되어 좋은 일을 많이 하여 존경받던 사람입니다. 그런 어른이 검은 사자한테 끌려온 것은 이해가 되지 않았습니다.

준태는 하얀 천사가 데리고 온 사람은 밝고 파란 하늘이 있는 길로 가고 시커먼 사자가 데리고 온 사람은 지옥불 앞 심판대로 온다는 것을 알았습니다. 그 때문에 그 사람 생각을 더했습니다.

'나는 세상에서 아무 일도 한 것이 없어서 여기까지 끌려왔지만 저 훌륭한 어른은 왜 끌려왔단 말인가?'

빛 가운데서 큰소리가 들렸습니다.

"너는 세상에서 어떤 일을 하였느냐?"

"교육계에서 일하고 국회의원으로 빈민 구제와 나라의 발전을 위하여 몸 바쳐 일했습니다."

"그러하냐? 저 사람의 기록부를 가져 오너라."

사자가 기록부를 올렸습니다. 그것을 보고 빛 가운데서 큰 웃음소리가 터졌습니다.

"하하하하, 좋은 일은 참 많이 하였구나. 그런 네가 어째서 이리로 왔느냐?"

"모르겠습니다."

"그러냐? 기다려라. 새로 끌려온 사람을 보자."

검은 사자가 목에 십자가를 걸고 목사 가운을 입은 사람을 데리고 왔습니다. 빛 가운데서 우렁찬 소리가 물었습니다.

"넌 무슨 일을 하다가 왔느냐?"

"저는 세상에서 하나님을 위하여 많은 선교를 하고 큰 교회를 세우고 봉사를 하였습니다."

"그렇게 훌륭한 일을 많이 한 네가 어째서 이리로 왔느냐?"

그러면서 검은 사자를 꾸짖었습니다.

"어찌하여 네가 이런 실수를 하였느냐? 이 사람은 세상이 존경하는 목사가 아니더냐?"

사자가 대답했습니다.

"이 자는 목사 가운을 입고 하나님 이름을 팔면서 온갖 악행을 하다가 독약을 마시고 잡혀 왔습니다. 사람들 앞에서는 거룩하고 깨끗한 척하면서 강도보다 무서운 음모를 꾸몄고 혼자 있을 때는 하나님을 비웃었습니다."

빛 가운데서 묻는 소리가 나왔습니다.

"저 사자가 한 말이 사실이냐?"

"아닙니다. 저는 남에게 피해를 전혀 준 적이 없었습니다."

"그렇게 좋은 일을 한 사람이 여기까지 왔으니 억울한 것 같다. 네이야기는 나중에 듣겠다. 새로 끌려온 사람을 앞에 세워라."

준태는 새로 온 사람을 보고 또 놀랐습니다. 그 사람은 세상에서 가장 아름다운 미녀였습니다.

'영화나 텔레비전에서만 보던 천사같이 예쁜 여자가 어째서 여기까지 왔을까?'

빛 가운데서 묻는 소리가 쏟아졌습니다.

"천사보다 예쁜 네가 어찌 여기까지 왔느냐?"

"저는 제 앞에 온 목사라는 사람한테 독약을 먹인 죄로 잡혀왔습니다. 용서하여 주시옵소서."

"여기는 용서받을 사람이 들어오는 곳이 아니다. 용서는 독약을 먹이기 전에 했어야 한다. 너는 이 사람을 확실히 아느냐?"

"압니다."

"저 사람은 어떤 사람이었더냐?"

이때 목사가 눈에 불을 켜고 소리쳤습니다.

"네가? 네가 나한테 독약을 먹였다고? 네가 감히 그럴 수……."

이때 검은 사자가 호통을 치면서 목사의 어깨를 내리쳤습니다.

"이놈! 여기가 어딘 줄 알고 입을 놀리느냐?"

목사는 아악 소리를 지르며 어깨 한쪽과 얼굴이 일그러졌습니다. 빛 가운데서 여자한테 호통이 떨어졌습니다.

지옥 불속으로 사라진 사람들

"어째서 네가 선한 사람한테 독약을 먹였느냐?"

여자가 대답했습니다.

"저 사람은 양의 얼굴을 한 늑대이고 옥을 걸어놓고 돌을 파는 장사꾼보다도 더한 악마입니다."

이 소리에 목사라는 자가 눈을 허옇게 치뜨고 소리쳤습니다.

"저저, 저……!"

얼굴이 보기 흉하게 찌그러진 목사의 말을 사자가 가로막았습니다.

"넌 입 다물라!"

여자가 말을 계속했습니다.

"제가 음식집에서 식사를 하는데 옆방에서 저 사람이 자기 친구와 하는 소리를 들었습니다."

목사는 일그러진 눈을 부릅떴습니다. 여자가 말을 계속했습니다.

"그 날 저 사람의 친구가 물었습니다. '야, 너 진짜 목사 맞냐?' 하니까 '장사 중에 입만 가지고 잘되는 장사는 하나님을 파는 장사밖에 없다. 내가 언제 하나님 믿고 목사 짓 하는 줄 아냐? 잘 먹고 대접받고 잘살자니까 하는 짓이지. 솔직히 하나님이 있는지 없는지 누가 아냐? 하나님이 없다는 사람을 만나면 술 마시고 어울리고 하나님이 있다고 믿는 사람들한테는 하나님이 바로 당신 머리에, 가슴과 손발에 있다고 하면서 기도해 주고 사랑해 주는 척하면 세금도 안 내는 눈먼 돈이 줄줄이 들어온다.' 하자 그 친구가 '나도 목사가 되어 돈 좀 벌어 볼까?' 하니 '이 짓도 아무나 하는 줄 아나? 공부를 해야지, 성경을 달달 외워야 하고 기도는 청산유수로 해야 한다. 진짜 하나님 잘 믿는 사람들 앞에서 어물어물하다가는 국물도 없다고 하하하.' 이러는 것입니다. 나는 저런 사람은 세상에서 빨리 없어져야 한다고 생각했습니다. 그래서 독약을 먹이고 살인범이 되어 사형을 당하고 잡혀 왔습니다."

빛 가운데서 묻는 소리가 들렸습니다.

"목사 듣거라, 저 여자가 한 말이 사실이냐?"

"아닙니다. 저는 진짜 목사입니다. 저 여자가 거짓말을 하고 있습니다."

빛 가운데서 명령하는 소리가 들렸습니다.

"저 자의 영상기록을 켜 보아라."

그러자 그 가짜 목사의 행실이 드러났습니다. 여자가 말한 것보다 더 나쁜 짓을 많이 저질렀습니다. 빛 가운데서 벼락같은 소리가 터졌습니다.

"이래도 거짓말이란 말이냐?"

"용서해 주십시오. 저는 가짜로 목사 행세는 하였지만 많은 사람들한테 하나님을 전도하고……."

변명이 채 끝나기도 전에 빛 가운데서 명령이 떨어졌습니다.

"저 자를 불가마에 던져라!"

검은 사자가 그를 불속으로 던졌습니다.

"아악!"

그는 비명을 지르며 불속으로 들어가 지글지글 타다가 사라졌습니다. 빛 가운데서 다음 명령이 떨어졌습니다.

"국회의원을 지냈다는 너한테 묻겠다. 너는 내가 몇 번씩 불렀다. 소리를 못 들었느냐?"

"못 들었습니다. 하나님께서 부르시는 줄 알면 제가 하나님을 모른다고 하겠습니까. 저는 한 번도 들어본 적이 없습니다. 억울합니다."

"억울하냐?"

"네, 억울합니다."

"너한테 영주라는 가난한 친구를 통하여 내가 몇 번씩 불렀다. 그때 무어라고 했느냐? 하나님이 있다면 너같이 가난하게 살면서 교회 잘 다니는 사람을 왜 가만 두시느냐?고 했다. 그때 친구가 한 말이 기억나지 않느냐? 하나님을 돈이나 나누어 주는 대상으로 알아서는 안 된다. 내가 가난한 것은 내 잘못이지 하나님 잘못이 아니다. 하나님은 아버지로 부르고 믿는 사람은 버리지 않으신다. 세상에서 아무리 착한 일을 많이 해도 하나님을 믿지 않는 것만큼 큰 죄는 없다고 했다. '내 말 허수로 듣지 말아다오' 하는 친구의 말을 듣지 못했더냐?"

"들었습니다. 이제라도 하나님을 믿지 않은 죄를 용서해 주십시오."

"용서받을 사람은 여기까지 오지 않는다. 용서받지 못할 이 죄인을 불속으로 던져라!"

명령이 떨어지자 세상에서 권위를 자랑하던 모습도 간 곳 없이 활활 타는 불꽃에 녹아버리고 연기로 사라졌습니다. 그것을 지켜본 좁쌀영감이 자기 차례가 오자 벌벌 떨면서 무릎으로 기어 빛 앞으로 나아갔습니다.

"이 늙은이를 용서해 주십시오. 다시는 죄 짓지 않고 살……."

그러나 말이 채 끝나기도 전에 명령이 떨어졌습니다.

"가난한 사람들의 피를 빨아먹던 거머리 같은 늙은이를 불속으로 던져라!"

그 한 마디에 좁쌀영감은 가을 낙엽처럼 불속으로 던져져 활활 타는 불길로 사라졌습니다. 이윽고 준태의 차례가 왔습니다. 준태는 입술이 바짝바짝 타고 말려들고 전신이 오르라져 숨도 제대로 쉴 수 없었습니다.

"이준태, 다가오라!"

지옥에서 받은 봉투

활활 타는 지옥 불의 뜨거운 바람이 확확 불어와 얼굴을 달구었습니다.

'저 불속에서 내 인생은 끝나는 게 아닌가.'

준태는 그런 생각을 하며 눈을 감았습니다. 그 순간 빛 속에서 큰소리가 들렸습니다.

"고개를 들라!"

잔뜩 오므라진 목을 빼고 올려보던 준태는 깜짝 놀랐습니다. 빛 가운데 좁쌀영감한테 덕구가 써준 차용증이 또렷이 보였습니다.

빛 속에서 음성이 들렸습니다.

"이것을 아느냐?"

"네, 네."

"네가 이것을 왜 가지고 있었느냐?"

"그건……."

"네가 훔친 것이냐?"

"아니옵니다."

"어째서 이걸 품고 다녔느냐?"

"아무한테도 보여주지 않으려고 그랬습니다."

"네 딴에는 친구를 위하여 착한 일을 한다고 한 것이었더냐?"

"그런 건 아니고……."

"친구 빚을 갚아주고 도와주었으니 여기서 용서받을 줄 생각하느냐?"

"아닙니다. 죽을 결심은 되어 있습니다."

"그래야지. 네가 아무리 좋은 일을 했어도 넌 죽어야 한다. 알겠느냐?"

"네에에……."

빛 가운데서 이상한 봉투 하나가 날아와 준태 앞에 떨어졌습니다.

"그 봉투를 본 적이 있느냐?"

"없습니다."

"봉투에 무어라고 씌어 있느냐?"

"제 이름과……."

"네 이름이 맞거든 봉투를 품에 안아라."

준태는 명령대로 봉투를 안았습니다.

"너는 죽어야 마땅하나 그 봉투가 너를 지옥에서 구하였다. 지옥 불에 떨어지면 몸뚱이는 재로 사라져도 고통스런 영혼은 뜨거운 불속에서 영원히 몸부림을 치며 이를 갈아야 하느니라."

준태는 감히 물었습니다.

"하나님, 저도 모르는 이 봉투는 무엇입니까?"

"네가 좋은 친구를 두었기에 지옥 불에 떨어지지 않는 것이니라. 네가 친구의 차용증을 아무도 모르게 가지고 있듯이 네 친구는 자기 소득의 십일조를 너도 모르게 네 이름으로 바치면서 너를 위해 기도했느니라. 세상에서 친구를 위해 남의 이름으로 십일조를 바친 사람은 인류 역사상 하나도 없었느니라. 나도 감탄할 만한 네 친구의 기도가 너를 구하였느니라."

그리고 곧 명령했습니다.

"지옥 불에 던지지 않는 대신 너를 한 필의 말로 만들겠다. 다짐하여 묻는다. 말이 되고 싶으냐? 불속으로 던져주기를 바라느냐?"

준태는 활활 타는 불꽃이 무서웠습니다.

"말이 되겠습니다."

"말이 된 뒤에는 주인한테 함부로 하면 안 되느니라. 주인이 너보다 못난 사람이라도 겸손해야 하고 항상 주인님이라고 불러야 하느니라. 알겠느냐?"

"명심하겠습니다."

"네 주인이 올 때까지 기다리도록 하라. 네 주인한테는 반말을 해서도 안 되고 명령을 거역해서도 안 된다. 언제나 주인을 등에 태우고 다니며 순종하여야 하느니라. 그렇지 않으면 너는 불속으로 던져질 것이다."

"명심하겠사옵니다."

"네가 친구를 위하여 좋은 일을 하고도 천당으로 못 가고 이리로 온 이유를 알겠느냐?"

"알겠사옵니다."

"말하여 보라."

"친구가 저한테 말했습니다. 세상에서 아무리 큰 죄를 지어도 하나님 앞에 회개하면 하나님은 용서해 주시지만 하나님을 믿지 않는 죄만큼은 용서하지 않는다고 했습니다."

"그 말을 듣고도 친구 말을 무시했더냐?"

"죄송하옵니다."

"네 죄를 알았으니 주인한테 충성하도록 하라."

준태는 어느새 커다란 말이 되어 네 발로 서서 주인이 오기를 기다렸습니다.

'아아! 내가 말이 되었다. 내 주인은 어떤 분이실까?'

준태는 말이 되어 긴 목을 빼어 숙이고 코로 흙냄새를 맡으며 주인이 오기를 기다렸습니다. 얼마 안 되어 하얀 천사가 한 사람을 인도하여 오고 있었습니다. 천사가 가까이 이르렀을 때 준태는 크게 놀랐습니다. 덕구가 천사의 안내를 받고 환하게 웃으며 다가오고 있기 때

문이었습니다.

'앗! 덕구가, 덕구가!'

하나님한테 종을 산 사람

빛 가운데서 말씀이 들렸습니다.

"네 주인이 저기 오느니라."

준태는 우물우물 중얼거렸습니다.

"저 사람은 제 친구입니다."

빛 가운데서 호통이 터졌습니다.

"이런 건방진 놈, 나는 이미 네 주인한테 너를 팔았느니라. 저 주인이 사지 않았다면 너는 이미 지옥 불쏘시개가 되었을 것이니라. 저 사람은 네 주인일 뿐 친구가 아니니라. 주인한테 반말을 한다든가 불경한 마음을 품으면 즉시 잡아다 불에 던져버릴 것이니라. 알겠느냐? 천지 창조 이래 나한테 종을 사간 사람은 오직 하나, 저 주인이 처음이고 마지막이다. 네가 품고 있는 봉투는 주인이 나한테 돈을 갚은 증표니라."

"말씀 명심하겠사옵니다."

그 사이에 덕구가 천사의 인도를 받고 가까이 왔습니다. 천사가 말했습니다.

"이 말은 그대 것이오. 천국에서 말을 탈 수 있는 존재는 오직 그대뿐이고 그대의 말은 죽음에서 구원받은 행운의 말이오."

그러면서 말한테 일렀습니다.

"너는 주인의 말에 순종하고 겸손해야 한다. 알겠느냐?"

준태가 대답했습니다.

"예에, 명심하고 모시겠습니다."

그러면서 덕구 앞에 허리를 낮추고 타기를 기다렸습니다. 덕구는 아무 것도 모르고 말을 쓰다듬으며 말했습니다.

"말이 잘생기고 좋습니다. 세상에서 이렇게 좋은 말은 못 보았습니다."

천사가 대답했습니다.

"주인이신 그대가 좋아하니 다행이오. 말을 타고 나를 따르시오."

천사는 날개를 쫙 펴더니 날았습니다. 말은 벌떡 일어나 천사가 가는 대로 따랐습니다. 말이 된 준태는 친구를 등에 업고 달리는 것이 한없이 기뻤습니다.

"주인님, 고맙습니다. 내가 지옥 불에 던져지지 않고 이렇게 주인님을 모시고 다니게 하여주시니 고맙습니다. 이제 주인님은 내 친구가 아니라 주인이십니다."

덕구는 천국에 들어서서 보이는 아름다운 풍경에 정신이 팔려서 말이 하는 소리를 듣지 못했습니다. 말이 된 준태도 천사가 가는 쪽을 향해 달리면서 휘황찬란한 천국 풍경에 홀렸습니다.

'아! 이렇게 아름다운 세계가 있었구나! 해도 달도 없는데 어찌 이리도 맑고 밝은가. 바람결에 스미는 이 향기는 장미향보다 달콤하다. 향기에 젖으니 날아갈 듯 가볍다.'

덕구도 말이 된 준태도 똑같이 같은 생각을 했습니다. 아득히 넓은 초원과 사방에 흐드러진 꽃이 모두 방글거리는 모습은 어떤 그림보다 아름다웠습니다. 준태는 달리면서 감사했습니다.

'주인님, 고맙습니다. 비록 말이 되어 친구를 주인으로 모셨지만 이 아름다운 천국을 볼 수 있으니 영광입니다. 주인님은 어질고 하나님을 잘 믿으시더니 이런 복을 받으셨습니다. 일찍이 나한테 하나님을 믿지 않는 것이 가장 큰 죄라고 하신 말씀을 비웃은 제가 아닙니까. 이렇게 살아 있는 것만도 고맙습니다.'

얼마를 달리다 보니 앞에 가던 천사가 사라졌습니다. 말은 멈춰 서서 천사를 찾았습니다.

"주인님, 천사가 안 보입니다. 투투 후후!"

이렇게 말했지만 덕구는 들은 체도 않았습니다. 사방을 둘러보는 중에 아득히 멀리서 분홍빛이 환히 비쳐오는 것이 보였습니다. 거기서 비단결 같은 아름다운 합창 소리가 은은히 들려왔습니다.

"주인님, 노래 소리가 들리십니까. 참 아름답습니다. 꽃과 향기가 가득한 분홍빛 속에서 들려오는 노래는 향기보다 곱습니다. 아! 투투 후후후."

주인 덕구는 말이 후후거리자 생각했습니다.

'이 놈도 아름다운 향기 속에서 고운 노래를 들으니 기분이 좋은 모양이로구나.'

덕구가 말 등을 쓰다듬으며 말했습니다.

"너도 기분이 좋으냐?"

말은 날아갈 듯한 기분으로 대답했습니다.

"그렇고 말고요 주인님, 주인님을 모시게 되어 영광입니다. 투루루루 후후투투."

덕구는 후후대는 소리에 말도 기뻐하는 것 같다고 생각했습니다.

"네가 말은 못해도 후후거리는 소리를 나는 안다. 그렇게 기분이 좋으냐?"

"후후후후, 말씀만도 고맙습니다. 주인님. 투루투루, 후후훗."

이때 멀리서 들려오던 노래 소리와 환한 빛이 가까이 이르렀습니다. 말이 배를 깔고 넓죽 절하는 몸짓을 했습니다. 덕구는 말에서 내려 다가오는 합창단을 맞았습니다.

천사 합창대의 환영노래

친구를 구원하고 말을 타고 오는 이여
지옥 갈 죄수가 구원 받아 말이 되어
친구를 등 업고 싱글벙글 오는구나
말을 타고 오는 이여 구원 받은 천사여

셀 수 없이 많은 합창대원이 눈같이 빛나는 하얀 옷을 입고 분홍 꽃구름 무대를 타고 바람에 실려 오며 고운 목소리로 이렇게 노래를 불렀습니다. 합창대원은 모두가 꽃처럼 아름답고 성결해 보였습니다.

덕구가 말에서 합창대를 향해 내려 큰절을 올렸습니다. 가장 높고 화려한 자리에서 천사가 다가와 손을 잡고 일으켰습니다.

"어서 오너라. 나의 제자여!"

"오! 주님. 감사합니다."

"너는 세상에서 특별나게 큰일을 한 바는 없지만 네 믿음이 너를 구하였다. 친구까지 살렸으니 얼마나 귀하냐. 오늘은 환영 합창대의 노래를 들으며 천국에 입성하라."

합창대 노래 소리가 온 하늘을 덮고 아름답게 퍼져나갔습니다. 그리고 노래 소리가 흘러가는 멀리 합창대도 따라 떠나고 푸른 초원에는 말과 덕구만 남았습니다. 말 준태가 말했습니다.

"주인님, 어디로 모실까요? 투루툴 투투?"

덕구는 들은 체도 않고 사방을 두리번거리더니 말에 올라 합창대가 가고 있는 쪽으로 몰았습니다. 합창대는 초원을 지나 넓은 사막을 구름기둥처럼 둥둥 떠가고 사막은 아득히 끝이 보이지 않았습니다. 말이 된 준태는 힘차게 부지런히 달렸지만 모래바닥에서 제대로 뛸 수가 없었습니다. 마침내 합창대도 안 보이고 노래 소리도 들리지 않았습니다.

그렇지만 합창대가 떠난 사막 중심을 향해 가지 않을 수가 없었습니다. 얼마나 갔는지 목이 마르고 힘이 빠져서 더 이상 갈 수 없어서 주저앉고 말았습니다. 그런데 바로 옆에 그물망이 쳐 있고 그 안에 맑은 물이 철철 넘치는 오아시스가 있었습니다.

"주인님, 오아시스입니다. 맑은 물이 철철 넘칩니다. 아아, 목말라. 투투툴툴."

아무리 소리쳐도 덕구는 들은 체도 않고 아무 대답도 하지 않았습니다. 덕구는 말이 투툴거리는 소리만 들리기 때문입니다.

"주인님, 물 좀 마시게 해 주세요, 네네? 투투."

그러나 덕구는 대답도 않고 망 사이를 뚫고 들어가 맑은 물을 두 손으로 가득가득 떠서 혼자만 쭈룩쭈룩 마셨습니다. 그것을 본 말 준태는 목이 더 말랐습니다.

"주인님, 주인님. 저도 물 좀 주세요."

주인 덕구는 물을 실컷 마시고 말을 돌아보았습니다.

"주인님, 저도 물 좀 투툴툴 투르르!"

덕구가 돌아보고 물었습니다.

"너도 목이 마르다는 소리냐?"

"예, 예. 목이 말라 죽을 지경입니다. 투투툴!"

덕구가 물가로 가서 두 손에다 물을 가득히 담아가지고 그물망 사이로 내밀었습니다. 준태는 손바닥의 물을 핥아 마시며 말했습니다.

"주인님, 한 번 만 더 떠다 주세요, 투투툴툴!"

덕구는 다시 들어가 물을 두 손에 가득히 담아와 말한테 먹였습니다.

"주인님, 고맙습니다. 고맙습니다."

덕구는 계속하여 물을 퍼다 준태 입에다 넣어 주었습니다. 말은 그제야 정신이 들었습니다.

"주인님, 고맙습니다. 이 은혜 영원히 잊지 않겠습니다. 주인님이 가시는 곳이면 어디든지 모시고 다니겠습니다."

이렇게 말하는 순간 덕구는 말한테 물을 퍼 주다가 지쳐서 쓰러지고 말았습니다. 그물망 안으로 들어갈 수 없는 말은 애가 탔습니다.

"주인님, 정신 차리세요. 주인님, 주인님."

하나님과 돈 거래

말이 된 준태는 주인이 쓰러져 있는 모습을 보고 눈물까지 흘리며 애절하게 부르짖었습니다.

"주인님! 그러시면 안 됩니다. 정신 차리세요! 일어나세요. 주인님!"

그래도 주인 덕구는 꼼짝 않았습니다. 준태는 다시 있는 힘을 다해 크게 소리쳤습니다.

"주인님! 주인니임!!"

그러면서 눈을 번쩍 떴습니다. 예쁘고 하얀 천사가 이마에 부드러운 손을 얹으며 물었습니다.

"정신이 드시나요?"

아주 부드럽고 친절한 목소리였습니다. 준태는 다시 눈을 감고 생각했습니다.

'이게 어찌 된 거야, 여자 목소리가……?'

이어서 누군가가 몸을 조심스럽게 만지며 손을 잡고 물었습니다.

"제 말이 들리면 손가락을 움직여 보세요."

준태는 손가락을 움직였습니다. 그 사람이 기쁜 소리를 질렀습니다.

"됐습니다! 정신이 돌아왔습니다. 살았습니다."

준태는 눈을 뜨고 보았습니다. 주변에 하얀 가운의 의사들이 둘러서서 내려다보고 있었습니다. 준태가 지친 목소리로 물었습니다.

"여기가 어딥니까?"

"병원입니다. 정신이 드십니까?"

"네……, 그런데 왜 제가 여기 있지요?"

"차차 아시게 됩니다. 말을 많이 하시는 건 좋지 않습니다. 안정을 취하십시오."

그리고 모두들 자리를 떠났고 간호사 한 사람만 남았습니다. 간호사가 말했습니다.

"말을 많이 해도 안 되고 움직여도 안 됩니다."

"네?"

"지금 수혈 중이십니다. 정신이 드셨으니 수혈도 끝내게 될 것입니다."

"수혈이라고요?"

"심하게 다쳐서 수혈 중에 수술을 받으셨어요."

준태는 갑자기 자기 혈액형이 생각났습니다.

'나는 특수 혈액형이라 아무 혈액이나 받을 수 없다고 들었는데 누가 수혈을……?'

그러면서 자기 몸과 연결되어 있는 건너편 사람을 건너다보았습니다. 옆모습으로 보아 덕구 같아서 물었습니다.

"저 분 이름이 어떻게 되시나요?"

"박덕구 씨라고 합니다."

"박덕구 씨라고요?"

"친구 사이라고 했어요."

덕구는 잠이 든 듯 꼼짝 않았습니다. 준태가 혼잣말로 중얼거렸습니다.

"이럴 수가, 이럴 수가……."

그렇게 시간이 가고 수혈이 끝났습니다. 준태는 침대에 누운 채 아직도 눈을 감고 누워 있는 덕구를 바라보았습니다.

"덕구, 덕구. 아니 나를 구한 주인님……."

한동안 시간이 흐르고 덕구도 자리에서 깨어났습니다. 살아난 준태를 보고 감격하여 눈물을 지으면서 말했습니다.

"준태, 고맙다. 살아나서 고마워. 고마워!"

준태는 더 감동되어 말이 나오지 않았습니다. 그러나 마음속 깊이서 울어나는 소리를 했습니다.

"주인님, 저를 구해 주시어 감사합니다."

덕구가 놀라서 물었습니다.

"준태, 무슨 농담을 하는가? 내가 왜 주인이야. 나 덕구라고. 자네 친구 박덕구."

"압니다. 주인님."

"이 사람아, 농담할 때가 아니야. 여기는 병원이라고."

"다 압니다. 주인님."

"주인? 누가 주인이라는 거야? 농담 그만 해."

"아닙니다. 주인님 고맙습니다."

"허허, 이 사람이 기력이 없어서 헛소리를 하는군. 그러지 말고 잠시 안정을 취하는 게 좋겠어."

"아닙니다. 헛소리가 아닙니다. 주인님."

이렇게 말하면서 몸을 일으켜 절을 하려고 했습니다. 보고 있던 간호사가 말렸습니다.

"아직 몸을 움직이시면 안 됩니다. 조심하세요."

그러나 준태는 정색을 하고 눈물까지 흘리면서 애원하듯 말했습니다.

"주인님, 제가 진심으로 절을 올립니다."

간호사가 어이없다는 듯 웃으며 말했습니다.

"친구 분끼리 농담도 이상하게 하시네요, 호호."

준태가 정색을 하고 말했습니다.

"농담이 아닙니다. 저는 친구를 주인으로 모시게 된 것이 한없이 기쁠 뿐입니다."

덕구가 더 어이없어 꾸짖듯 말했습니다.

"이봐, 됐어. 농담 그만 하고 좀 쉬게."

"주인님, 농담이 아니고 나는 친구도 아닙니다."

"친구가 아니면 뭔가?"

"말입니다."

이 대답에 간호사도 웃고 덕구도 웃어댔습니다.

"말? 자네가 말이라고? 하하하."

그러나 준태는 조금도 변함없이 정중하게 대답했습니다.

"주인님, 하나님한테 저를 사셨으니 저는 주인님을 모시는 말입니다."

덕구가 또 웃었습니다.

"살아난 게 그렇게도 기쁜가? 농담을 해도 지나치군. 그게 무슨 농담인가 하하하."

그리고 덕구가 정색을 하고 말했습니다.

"내가 하나님한테 자네를 산 것이 아니라 자네가 나를 좁쌀영감한테 사주어서 고마우이."

"그건 무슨 말씀이십니까, 주인님."

덕구는 품에 품고 있던 차용증을 내보였습니다.

"내가 자네를 주인으로 모시는 것이 옳아. 나를 빚쟁이 손에서 구하여주지 않았는가. 고마우이."

"아닙니다. 그까짓 차용증은 아무 의미가 없습니다. 사람끼리의 거래는 빚만 갚으면 되지만 하나님과 거래는 돈으로 갚지 못합니다."

"허허, 점점 이상한 소리를 하는군. 수술이 잘못 되지 않았는지 알아보아야겠네."

"아닙니다, 주인님. 수술은 아주 잘 된 것 같습니다. 저는 아무 이상이 없습니다."

참 좋은 친구십니다 하하하

"이상 없다면서 왜 자꾸 헛소리를 치는가?"

"제 말씀을 들어보시지요, 주인님."

덕구가 말렸습니다.

"제발 주인님이라고 하지 말고 친구로 말하세."

"저도 주인님께 알아보고 싶은 게 있습니다."

"무엇이든 말해 보게."

"전에 말씀하셨지요? 세상에서 어떤 죄를 지어도 회개하고 용서를 빌면 하나님이 다 용서하시는데 하나님을 믿지 않는 죄만은 용서가 없다고 하시지 않았습니까?"

"그랬지, 그게 어떻다는 거야?"

"저는 하나님을 만나보았습니다. 주인님께서 하나님한테 저를 사셨다는 걸 알았습니다."

"이 친구 점점 이상한 소리만 하는구먼. 난 하나님한테 아무것도 한 것이 없었어."

"저는 오늘부터 교회에 나가서 하나님을 열심히 믿으면서 주인님을 모시겠습니다."

"교회에 나간다는 말은 반갑지만 죽었다 산 사람이 무슨 하나님을 만나고 어쩌고 할 수 있나. 농담도 적당히 하게."

"아닙니다, 주인님."

"자꾸 주인님 주인님하면 나도 자네한테 주인님이라고 부르겠네."

준태가 손을 저었습니다.

"그건 절대 안 됩니다. 주인님."

"나도 좁쌀영감한테 자네가 사 간 것을 알았으니 주인님이라고 하겠네."

"그런 말씀은 절대 안 됩니다. 주인님."

"내가 왜 주인인가?"

"제가 말이 되어 목이 말라 죽을 것 같을 때 주인님이 두 손에다 물을 담아다 먹여주셨습니다. 그래서 저는 살아났습니다."

"꿈을 꾸었군. 내가 언제 물을 먹여주었는가?"

이때 간호사가 끼어들었습니다.

"그 말씀은 맞는 것 같아요. 하마터면 생명을 잃을 뻔했는데 마침 수혈을 해 주어 살아나셨으니 말한테 물을 먹여준 것과 같지 않아요."

덕구가 알아들었다는 듯 말했습니다.

"그 정도라면 친구간에 아무것도 아닌데 주인으로 모신다는 말이 되는가. 고맙다고 한 마디 하면 되는 거지."

그로부터 한 달 뒤 병원에서 퇴원한 준태가 덕구를 만났습니다.

"주인님, 이제 저도 교회에 나가서 하나님께 용서를 빌겠습니다."

"아직도 주인님인가? 제발 그만 하게."

"아닙니다. 한번 주인은 영원히 주인이십니다."

"그렇다면 나도 자네를 주인님이라고 하겠네."

"그건 절대 안 됩니다. 좁쌀영감한테 돈 주고 돌려받은 차용증과 주인님이 하나님한테서 저를 산 것은 엄격히 다릅니다. 주인님."

덕구는 준태를 이해할 수 없었습니다.

"자네는 나를 주인이라고 하면서 나는 자네를 친구로 부르라는 건가?"

"아닙니다. 친구도 아니고 종입니다. 말입니다."

말이라는 소리에 덕구는 또 웃지 않을 수 없었습니다.

"하하하, 말? 타고 다니는 말이라고?"

"네, 주인님을 태우고 다니는 말입니다."

"정말 그런가?"

"그러합니다. 제 등을 타시지요."

준태는 정중히 엎드려 등을 돌려댔습니다. 덕구는 기가 막혀 말도 할 수 없었습니다.

"……?"

"주인님, 타십시오."

"농담이 심하군. 친구."

"농담도 아니고 친구도 아닙니다. 주인님."

"나 보고 어찌 하라는 건가?"

"저를 타고 교회로 가십시오."

"하하하, 사람들이 보면 얼마나 웃겠나. 이건 장난도 아니고……."

"장난이 아닙니다. 주인님."

준태는 겸손하고 진지하고 장난기도 보이지 않았습니다. 덕구도 마음을 정했습니다.

"자네가 주인님이라고 하면 나는 친구님 하고 부르겠네."

"님자는 안 달아도 됩니다."

"이게 어찌 된 일이야? 진짜 같잖아?"

"진짜입니다. 주인님."

덕구두 이제 친구님이라고 부르기로 했습니다.

"친구님, 나하고 하나님한테 갑시다."

"네, 주인님."

교회 가는 것을 그렇게 거부하던 준태가 전혀 다른 사람이 되어 교회에 따라오고 겸손했습니다. 교회 문안에 헌금꽂이 봉투함이 보였습니다. 덕구가 봉투 두 개를 뽑아들었습니다. 그것을 보는 순간 준태가 달려들어 봉투 하나를 잡았습니다.

"주인님, 이 봉투는 이 봉투는……."

"왜 그러는가? 친구님."

"바로 그 봉투입니다. 주인님."

"그 봉투라니?"

"하나님이 저한테 보여주신 봉투가 바로 이것이었습니다."

"하나님이?"

덕구는 친구가 크게 다쳐서 정신 이상이 된 것이 아닌가 걱정이 되었습니다.

"하나님이 이 봉투를 어찌 아신단 말인가?"

"주인님이 이것으로 저를 사셨습니다."

"허허, 친구님. 이러지 마시게."

"아닙니다. 주인님."

"친구님……."

"주인님, 저는 하나님께 팔린 것을 지금 확실히 알았습니다. 누가 뭐래도 저는 주인님 말입니다."

"친구님, 나를 좁쌀영감한테 사셨으니……"

"아닙니다, 그것과 이것은 다릅니다. 주인님."

두 사람의 대화에 목사님이 한마디 했습니다.

"두 분이 농담을 아주 재미있게 하십니다. 날씨가 너무 더워서 그러시는 거지요? 참 좋은 친구십니다. 하하하." - 끝

작두교회

하나님의 명령

성도 6천 명을 모시는 노령의 서 목사는 후계자를 정하지 않으면 안 될 처지가 되었습니다. 목사님은 사랑하는 손녀를 안고 하나님께 조용히 기도를 드렸습니다.

"주님, 이 종은 그 동안 맡겨주신 당회장 자리를 후임 종한테 맡겨야 하겠습니다. 여섯 명으로 시작한 교회가 하나님의 은혜로 천배로 성장하여 5대교구에 20소교구가 되었습니다. 어떤 종을 제 자리에 세워야 할지 지혜를 주시옵소서."

이런 기도를 드리는 서 목사 가슴으로 하나님의 말씀이 밀고 들어왔습니다.

'너희 성전에서 산을 넘으면 십리 밖에 작은 교회가 있지 않으냐. 그 교회는 성도 수가 작아서 목사도 전도사도 아무도 가지 않아 연로한 장로가 교회를 지키고 있다. 그리로 너희 교회 목사 가운데 네가 가장 신임하는 종을 파견하도록 하라.'

서 목사는 가슴 밑바닥에서 들려오는 소리를 듣고 머리를 저었습니다.

"그 교회로 갈 사람은 없습니다."

하나님의 대답이 가슴을 울렸습니다.

'거기를 쾌히 가는 사람이 바로 네 후계자가 될 것이다.'

이런 대화를 혼자 주고받은 서 목사는 품에 안긴 손녀한테 물었습니다.

"너는 가지고 노는 인형이 있지? 그 인형을 가지고 놀다 더 좋은 인형이 생기면 그 인형을 누구한테 주겠니?"

"내가 가장 좋아하는 아이한테 줄 거야."

"어떤 애가 가장 좋은 아이냐?"

"내 말을 잘 듣고 내가 준 인형을 나보다 더 사랑하는 아이."

"그런 아이가 있을까?"

"있을 거야. 그러나 내 인형보다 더 좋은 인형을 가지고 놀던 아이들은 안 받을 거야. 그러니까 인형이 없는 아이를 주면 좋아할 거야."

"그런 아이가 있을까?"

"부잣집 아이보다 가난한 집 아이가 좋아할 거야."

"음……."

서 목사는 손녀의 말을 생각하며 가장 오랜 세월 함께 일하고 신뢰하는 1대교구장 김 목사를 불렀습니다.

"김목사님, 하나님의 명령을 따르시겠소?"

"예, 하나님 명령이시라면 무엇인들 못 하겠습니까. 당연히 따라야지요."

"고마워요, 하나님께서 나한테 명령하시기를 김 목사님을 저 산 너머 가래올 교회로 파송하라고 하시었소."

김 목사가 놀란 눈으로 물었습니다.

"성도가 삼십 명도 안 되는 그 작은 교회로 저를 가라십니까?"

"그렇소, 우리 교회는 성도가 많아 시내에서 큰 교회 소리를 듣지만 작은 교회나 큰 교회나 하나님의 사랑과 역사는 똑같은 것이오."

"……."

서 목사는 내친 김에 마음에 있는 말을 다 했습니다.

"교회가 작은 만큼 당연히 사례도 시원치 않을 것이오. 그래서 말씀인데 교회 헌금이 한 달에 사십만 원도 안 나오는 것 같소. 그래서 본 교회에서 월 45만원을 지원할 테니 거기서 나오는 헌금은 얼마가 되든 본교회로 보내시오."

"그 45만 원으로 생활을 하라 하심은 무리입니다."

"무리인 줄 압니다. 그러나 반기독교 후진국으로 파견 나갔다고 생각하고 알뜰히 살아 보시오. 자녀들도 다 장성하여 자립하고 목사님 내외분이 사시는 데는 별 무리가 없을 것이오."

"목사님의 뜻이 그러시다면 생각해 보겠습니다."

"내 생각이 아니라 하나님의 뜻이 그렇다는 것을 명심하시오."

"제 맘대로 정할 수도 없습니다. 집에서 가족회의를 해 보고 결정하겠습니다."

"그렇게 하시오. 내일 이 시간까지 뜻을 알려주시오."

김 목사는 얼굴이 일그러진 채 당회장실을 떠났습니다.

"내일 다시 뵙겠습니다."

그리고 다음날 오후 3시가 지난 5시에 당회장실로 왔습니다.

오만한 거절

서 목사는 김 목사를 반기었습니다. 그러나 김 목사는 어두운 표정으로 당회장과 눈도 맞추지 않은 채 침울하게 말했습니다.

"목사님, 저는 실망했습니다. 제가 목사님을 모시고 이 교회의 성장을 위하여 얼마나 뛰었는지는 잘 아시지 않습니까? 그런 저를 가래올 교회로 파송하신다는 건 납득이 가지 않습니다. 더구나 쥐꼬리보다 적은 사례비로 살아갈 능력도 없습니다. 지금 받는 이백오십만 원으로도 생활이 어렵다고 집사람이 불만이었는데……."

"그럴 줄 압니다. 그렇지만 생활은 수입에 맞추어 살면 되는 것이라고 생각합니다. 성도님들 가운데는 그보다도 적은 수입으로 살면서도 십일조를 바치는 분이 있습니다."

"그렇다고……."

"예수님이 말씀하신 것을 기억하시지요. 전대도 아무 것도 가지고 가지 말고 전도하러 가라고."

"그렇지만……."

"하나님의 뜻이 계셔서 목사님을 보내시려 했던 것으로 생각합니다. 깊이 생각해 보시고 대답해 주시오."

"저는 더 이상 목사님 뜻을 따를 수가 없습니다. 그 교회로 가느니 차라리 교회를 떠나겠습니다."

"종의 사명은 그런 것이 아니오. 깊이 생각하고 결정하시오."

"어제 가족회의에서 결정이 났습니다. 제가 여기를 떠나 그 교회로 가는 것은 능력이 부족하여 쫓겨나는 것이라고 사람들이 손가락질을 할 것이 빤하니 그런 수모를 당하느니 자진해서 물러가는 편이 명예롭다고 말입니다."

"목사로서 명예로운 것은 하나님의 일을 위해 사람들의 손가락질을 두려워하지 않는 용기가 있을 때 영예로운 것입니다. 이 큰 교회에 있다가 작은 교회로 자진해서 갔다고 생각해 보시오. 그보다 더 존경스럽고 명예로울 수가 없을 것입니다."

"그런 명예는 싫습니다. 목사님이 저를 내보낸 것이 아니라 제가 제 발로 나갔다고 해 주십시오. 퇴직금을 받으면 자식이 하는 회사에 보탬도 될 것이고 거기서 나오는 소득으로 살겠습니다."

"내가 하나님의 명령이라고 하였을 때 무엇이든지 순종하겠다고 하신 말씀을 기억하시오?"

"하나님 명령도 어느 정도 수준에 맞는 것이어야 합니다. 제 뜻은 무시하고 목사님 생각대로 하나님 명령이라고 구실을 붙이신 것은 타당한 이유가 아니라고 생각합니다."

"알겠소. 그 동안 나를 도와 많은 수고를 했습니다만 그것은 하나님을 위한 수고였던 것이지 나를 위하여 하신 것은 아니었던 것입니다. 그렇듯이 나는 어제나 오늘이나 하나님의 뜻을 이루고자 하였을 뿐 나 개인의 유익은 생각한 바가 없습니다."

서 목사는 마음으로 기도했습니다.

'하나님, 우리의 믿음이 연약하여 하나님의 일을 한다고 하면서 개인의 이해관계를 더 생각하는 우매함을 용서하여 주시옵소서. 저의

후계자로 선정한 사람이 거부하니 저도 어쩔 수 없이 다른 사람을 찾아보아야 하겠습니다.'

서 목사는 집으로 들어와 품에 안긴 어린 손녀한테 또 물었습니다.

"네가 가지고 놀던 장난감을 주려고 해도 받을 아이가 없으면 어떻게 하겠느냐?"

"받는 애가 없으면 선물 하나를 더 준다고 하면 받을 거야. 할아버지 그것도 몰라?"

"그렇구나. 뭘 더 얹어 줄까?"

"그 장난감이 다 낡아서 못 쓰게 되면 더 좋은 것 새로 사준다고 하면 안 될까?"

"그것도 싫다고 하면?"

"주지 않아야지 뭐."

서 목사는 손녀의 때 묻지 않은 대답을 들으면서 마음을 굳혔습니다.

'김 목사는 후임감이 아니다.'

그렇게 하여 김 목사를 떠나보냈습니다. 그리고 다음 날 2대교구장 허 목사를 당회장실로 불렀습니다.

하나님 뜻이라면 하다가 거부

"허 목사님한테 긴히 드릴 말씀이 있어서 보시자고 했습니다."

"네, 무슨 말씀이든 하십시오. 순종하겠습니다."

"내 말에 순종할 것까지는 없고 하나님 명령에 따르시는 게 어떨까 합니다."

"목사님 말씀도 아닌 하나님 뜻이라면 더 순종해야지요. 안 그렇습니까? 목사님!"

"고맙소. 그 말씀이 맞습니다."

"무슨 말씀이신지요?"

"저 산 너머 가래울 교회를 아시지요?"

"네, 백년이 다 되어 간다고 역사만 자랑하고 성도는 늘지 않는 교회가 아닙니까?"

"그렇습니다. 그 교회에 목사님이 가셔서 부흥시키시면 어떻겠습니까?"

"제가요?"

"그렇소. 이렇게 큰 교회에서 그리로 간다는 것은 어려운 일인 줄 압니다만……"

허 목사는 단호히 거절했습니다.

"죄송합니다만 저는 적격자가 못 됩니다. 더 능력 있는 사람을 보내십시오."

"누구를 보내면 좋을까요?"

"글쎄요, 저는 아닙니다. 목사님이 가장 아끼고 신뢰하는 목사를 파견하시지요."

허 목사와 상담은 이것으로 끝났습니다. 서 목사는 세상에서 가장 아끼고 사랑하는 목사가 누굴까 생각하다가 3대교구장인 아들 서 목사를 떠올렸습니다.

'그래, 내 아들이며 내가 세상에서 가장 신뢰하고 사랑하는 아들을

보내자.'

며칠을 두고 이런 생각을 하던 서 목사는 아들을 당회장실로 불렀습니다.

건방진 아들의 거부

당회장실로 부르는 이유를 알고 있는 아들 김 목사는 평소 같은 태도가 아니었습니다.

"왜 부르셨어요? 아버지."

"너한테 긴히 할 말이 있어서 불렀다."

"선배 교구장님들한테 하신 말씀을 하시려고요?"

"그게 무슨 말이냐?"

"벌써 소문이 다 돌았습니다. 저 산 너머 가래올 교회인가 뭔가 하는 교회로 발령 내시려고 부른 것 아닙니까?"

"허허, 별 소리를 다하는구나."

"다 들었습니다. 그 교회를 모두들 작두교회라고 부릅니다."

"작두교회라니?"

"아버지가 그리로 파견하게 하는 건 교회에서 퇴출시키려고 그 교회로 가라고 한다는 것입니다. 그래서 그 교회에 가라고 하면 목이 달아난다고 작두교회라고 한답니다."

"작두교회라……."

"아버지가 너무 늙어서 능력이 전만 못하게 되자 똑똑하고 능력 있는 목사를 내쫓기 위해서 그 교회로 파견하려고 한다는 겁니다. 그런

방법은 옳지 않은 것 같습니다."

"그러냐? 네 말이 틀린 말은 아니다. 나도 이제 늙어서 예전같이 해낼 수 있는 능력이 부족하여 하나님께 기도하고 좋은 길을 찾는 중이다."

"그렇지만 교구장들이나 교인들은……."

"알았다. 그만 하거라. 그리고 내 말을 들어라. 다음 달에 네가 그 교회로 나가서 교회를 부흥시켜 보아라."

"제가 무슨 수로 다 쓰러져 가는 교회를 부흥시킵니까? 다른 교회 목사님들은 교회를 크게 성장시킨 다음에는 자식한테 세습한다는데 아버지는 그렇게는 못할망정 저를 그런 교회로 내쫓으려고 하십니까?"

서 목사는 답답했습니다. 그 교회에 가서 하는 것을 보고 장차 자기 후임으로 정하려는 심정을 모르고 엉뚱한 오해를 하는 아들이 섭섭했습니다.

"거기 가서 일 년만 수고하거라."

"일 년 동안 그 작은 교회에서 무엇이 나온다고 갑니까?"

"사례비는 내가 매월 45만원씩 보낼 테니 거기서 나오는 헌금은 우리 교회로 보내도록 하여라."

"45만 원으로 살라고요?"

"성도 중에는 한 달에 삼십만 원을 가지고 살면서도 십일조를 하는 분들이 있다. 너라고 못할 것이 무엇이냐?"

"제가 그렇게 쫓겨나 있어 보세요. 사람들이 뭐라고 하겠어요. 오죽

못났으면 아버지가 아들을 그런 교회로 쫓아냈겠느냐고 쑥덕거리고
흉을 보지 않겠어요?"

"그 흉이 그렇게 무서우냐?"

"아버지 목사에 아들 목사라는 체면이 있지 않습니까?"

"체면이 그렇게 무서운 것이냐?"

"목사한테 체면은 생명 같은 것이 아닙니까."

"그래서 못 가겠다는 것이냐?"

"예. 절대 못 갑니다."

"그렇다면 할 수 없지. 내 권고는 바로 하나님 명령인 줄 알아라."

"부모가 자식한테 이렇게 무리한 요구를 하신다면 하나님도 허락하
시지 않을 것입니다."

"할 수 없지. 다른 방도를 찾아볼 수밖에……, 이 다음에 오늘 내
부탁을 네가 거절했다는 사실을 꼭 기억하기 바란다. 알겠느냐?"

"알았습니다. 기억하겠습니다."

"나가 보아라."

서 목사는 유치원에서 돌아온 손녀를 안고 물었습니다.

"내가 귀한 보물을 가지고 있는데 그것을 나보다 더 소중하게 보관
할 친구를 찾아 주려고 한다. 그래서 그것을 지저분한 자루에 담아
아주 친한 친구한테 주려고 하니 친구가 안 받겠다는구나. 어떻게 하
면 되겠느냐?"

"자루를 버리고 보물을 보여주면 되잖아?"

"친구가 주는 것이니 더러운 자루라도 받아가는 친구가 정말 좋은

친구가 아니겠니?"

"왜 그렇게 하는데?"

"별 것 아닌 것 같은 선물이라도 주는 성의를 보아 받아가는 친구가 좋은 친구이기 때문이지."

손녀가 제대로 알아듣고 감탄했습니다.

"아! 그렇구나."

목사님은 또 며칠을 궁구하다가 제4대교구장 목사를 불렀습니다.

하늘의 별이라도 따다 드리지요 하더니

"내가 긴히 부탁할 말이 있어서 보자고 하였는데 어떤가?"

제4대교구장 윤 목사는 허리를 굽실거리며 대답했습니다.

"목사님께서 별이라도 따오라시면 따다 드리겠습니다."

"허허, 그런가? 그럼 내가 마음 놓고 부탁을 함세."

서 목사는 아직 젊은 윤 목사를 사랑이 가득한 눈으로 바라보면서 입을 열었습니다.

"저 산 너머 가래올이라는 동네를 아시나?"

"네 압니다. 거기는 제 고향이나 마찬가지입니다."

"그러면 더욱 좋을 것 같군."

"무슨 말씀이신지요?"

"그 교회 실정이 어떠한가?"

"제가 어렸을 때 본 교회나 지금이나 달라진 것이 조금도 없습니다. 성도도 몇 안 되고 담임 목사도 없고 늙은 장로님이 집사 한 사람과 평신도 몇 명 데리고 주일예배를 드린다고 들었습니다."

"목사가 없는 교회이니 목사가 얼마나 그립겠는가?"

"그렇겠지요."

"그런 교회에 목사로 가는 교역자는 얼마나 행복하겠는가?"

"그럴 겁니다."

"윤 목사는 교역자의 사명이 어떤 것이라고 생각하는가?"

"간단히 말씀드리기가……."

"목사 없는 교회에 가서 하나님의 일을 하는 목사가 정말 참된 종이 아니겠는가?"

"네, 그럴 겁니다."

"그 교회로 윤 목사를 파송하고 싶은데 어떤가?"

윤 목사는 그 순간 다른 목사들이 작두교회라고 하던 말이 생각났습니다.

'이크! 나한테 불똥이 떨어지는구나!'

이렇게 생각한 윤 목사는 겸손히 대답했습니다.

"저는 그런 교회에 갈 자격이 없습니다."

"자격이 없다니 그게 무슨 말인가. 이렇게 큰 교회에서 천 이백 명 성도를 모시는 대교구장이 그렇게 작은 교회 하나를 맡을 자격이 없다니 말이 되는가?"

"그렇지만 저는……."

"내 말이면 별도 따다 준다는 말이 거짓말이었던가?"

"그런 건 아닙니다, 목사님."

"알았네. 나가 보게."

서 목사는 길게 말하고 싶지 않아서 이렇게 말을 마쳤습니다. 윤 목사는 날래게 당회장 앞에서 달아나면서 생각했습니다.

'하마터면 작두질을 당할 뻔했네. 어휴, 무서워 으으!'

그 날 밤 서 목사는 집으로 돌아와 사랑하는 손녀 은경이를 안고 또 말을 시켰습니다.

"은경아, 할아버지가 귀한 보물을 가지고 누구를 줄까 생각하는데 줄 사람이 없구나. 누구를 줄까?"

"나 줘."

"너를?"

"응, 나는 할아버지가 주는 것이면 흙 묻은 보자기에 싸서 주는 것도 받을 거야."

"그러냐? 너를 주면 남들한테 안 빼앗기고 잘 지킬 수 있을까?"

"응."

"그런데 그 보물이 아주 낡은 헌 집인데 그래도 좋을까?"

"헌 집이 보물이라고?"

"그래, 집은 헐었지만 그 집 안에는 황금이 가득하단다."

"그럼 황금만 가지고 나오면 되겠네?"

"그건 안 된다. 그 낡은 집을 무섭게 생긴 사람이 지키는데 다른 사람은 안 되고 내가 주고 싶은 사람한테 줄 때만 그 보물을 준다는구나."

"나는 왜 안 된다고 그래?"

"너는 그 집에 있는 황금을 주어도 무거워서 들지 못한다. 그러니 네가 가지고 올 수 있겠니?"

"그렇구나. 그럼 난 안 달랠 거야."

"그럼 어떤 사람한테 주면 좋을까?"

"아주 착한 사람한테 주어야 해."

"착한 사람이 어떤 사람인데?"

"겸손하고 교만하지 않은 사람."

서 목사는 속으로 생각했습니다.

'겸손하고 교만하지 않은 사람이라. 그 사람이 겸손하긴 한데……'

서 목사는 마지막으로 제5대교구장 장 목사를 당회장실로 불렀습니다.

밤길의 등불 같은 종

서 목사님은 마지막으로 장 목사를 대면하고 아예 처음부터 가벼운 농담으로 말문을 열었습니다.

"장 목사님, 작두교회라고 하는 말 들어 보시었소?"

"예."

"그 말이 목사님들 사이에 유행어처럼 된 것 아니오?"

"약간은……."

"오늘 내가 장 목사를 보자고 한 뜻을 아시겠소?"

"예."

"정말 알고 대답하시는 게요?"

“예.”

“내가 부르면 작두질을 하려고 한다는 말도 들어보셨소?”

“예.”

“어떻소? 겁나는 말이 아니오?”

“아닙니다.”

서 목사는 적이 놀랐습니다.

“아니라니?”

“사랑은 작두로도 베지 못합니다.”

“그건 또 무슨 말인가?”

“목사님께서 작두질을 한다고 하여 그 사랑까지 베지는 않으신다는 말씀입니다.”

서 목사는 충격을 받았습니다.

‘오! 이런 대답을 듣다니! 할렐루야!’

이번에는 본론을 말했습니다.

“작두교회가 어디 있는지 아시오?”

“산 너머 가래올교회가 아닙니까?”

“그렇소. 장 목사를 그 교회로 파송하려고 하는데 솔직한 심정을 말해 보시오.”

“목사님이 결정하신 일이라면 가시밭길도 가겠습니다.”

“가시밭길도? 정말이오?”

“예.”

서 목사는 밝은 빛을 보는 것 같아 이렇게 말했습니다.

"캄캄한 밤길에 등불을 만난 것 같소."

이때 장 목사는 당회장의 아들 서 목사가 귀띔해 준 말이 떠올랐습니다.

"나를 그 작두교회로 보내려는 것은 아들을 지옥으로 보내려는 거나 마찬가지요. 장 목사, 아버지가 부르시면 단호히 안 된다고 하시오. 아들까지도 그런 데로 보내려는 분이니까 단단히 거절해야 할 것이오."

그러나 당회장 목사님이 밤길에 만난 등불 같다 하시는 말을 하는 것은 많은 실망을 했다는 뜻이라는 것을 알고 이런 결심을 했습니다.

'반기독교 국가 오지 선교사로 나가라는 것도 아닌데 어딘들 못 가겠는가?'

마음을 굳힌 장 목사는 진지하게 대답했습니다.

"목사님께서 보내주시면 즐겁게 가겠습니다."

"고맙네. 거기는 헌금도 몇 푼 안 나오는 곳이라 매월 우리 교회에서 45만 원씩 사례비를 보내겠네. 대신 거기서 나오는 헌금은 본교회로 보내기 바라는데 그래도 되겠는가?"

"그렇게 하겠습니다."

"그 대신 자녀들 학비는 본 교회에서 감당하겠으니 그리 알고."

"감사합니다. 언제쯤 가야 되겠습니까?"

"빠를수록 좋을 것 같아."

이렇게 하여 가래올 교회로 가게 된 장 목사는 그로부터 2주일 뒤에 파송되었습니다.

잔치 벌이는 교인들

가래올 교회에서는 큰 교회에서 시무하던 목사님이 파송 받아 왔다고 기뻐하며 잔치를 베풀었습니다. 그 동안 교회를 지켜오던 정 장로님이 더욱 기뻐했습니다.

"그렇게 큰 교회에 시무하시던 목사님이 우리같이 작은 교회로 오셨으니 꿈만 같습니다. 우리 모두의 영광이고 하나님의 크신 선물입니다."

"별 말씀을 다 하십니다. 큰 교회는 바로 이 교회가 큰 교회입니다. 하나님의 성전이 크고 작고, 성도가 많고 적은 것이 무슨 문제가 됩니까. 장로님처럼 큰 믿음을 가지고 지켜 오신 이 교회가 바로 큰 교회입니다."

"황송한 말씀이십니다. 우리 교회는 너무 열악하여 모시고 싶어도 창설 이래 한 번도 목사님을 모셔 본 적이 없습니다. 오늘 목사님이 오셨으니 하나님께서도 크게 기뻐하실 것입니다."

"감사합니다. 하나님께서 기뻐하신다면 더욱 성심껏 교회를 위해 노력하겠습니다."

"교회 역사가 80년이 넘어 90년에 가깝도록 성도도 늘지 않고 또 줄지도 않는 열악한 기적 같은 교회입니다. 그런 교회이니만큼 하나님의 종으로 시무하시기에 어려움이 많으실 것입니다."

"하나님의 명을 받고 왔으니 어떤 어려움이 있어도 교회 성장을 위해 기도하고 노력하겠습니다. 장로님께서 많이 지도해 주시고 도와주십시오."

"별말씀을 다 하십니다. 교회 창립 이래 처음 모시는 목사님이신데 어떻게 도와드려야 좋을는지 모르겠습니다. 늘 목사님의 기도와 지도를 따르겠습니다."

장 목사는 잔치에 참석한 성도들을 둘러보았습니다. 모두가 잘 차려입고 나온 것 같지만 모두가 허름하여 가뭄에 비를 기다리는 옥수숫대 같다는 생각이 들었습니다. 그만큼 가난하고 삶에 지친 얼굴들이었습니다. 그것을 보니 속으로 눈물이 나서 이렇게 기도했습니다.

'아버지 하나님, 이 어린 양들을 둘러보시고 축복해 주시옵소서. 저렇게 초라한 모습을 하고도 하나님 앞에 무릎 꿇고 기도하고 찬송하며 성전을 지켜온 어린 양들을 기억하여 주시옵소서. 이 작은 종이 정성을 다하여 하나님의 영광을 위하여 몸과 마음을 다 바쳐 일하겠사오니 저와 함께 저들을 밝은 길로 인도해 주시옵소서.'

장 목사는 자기가 잘 왔다고 생각하며 성도들과 일일이 악수로 인사를 나누고 집으로 돌아왔습니다. 그리고 사모한테 자기의 심정을 고백했습니다.

이래서 잉꼬부부

"내가 당신과 상의도 없이 작두교회로 알려진 이 가래올교회로 오게 된 것을 미안하게 생각하오."

장 목사의 염려와는 달리 사모가 위로의 말을 했습니다.

"하나님의 종이 어디면 어떻겠어요. 성도가 있는 곳이 바로 하늘나라가 아닌가요."

"그렇기는 하지만 규모가 작은 교회라 실망하지 않으셨소?"

사모는 예쁜 소리를 했습니다.

"실망할 것 없어요. 누군가가 해야 할 일을 당신이 맡아서 하는 것뿐이잖아요?"

"고맙소. 또 몇 가지 의견이 있는데 들어주시겠소?"

"무슨 말씀이든지 하세요. 당신이 하는 일은 사람의 일을 하는 것이 아니라고 생각해요."

"정말 고마운 말씀이오. 우리가 시내에 살면서 떨어져 있는 교회를 섬긴다는 건 여러 모로 생각해 볼 문제 같소. 산골 교회에 어울리지 않게 승용차를 타고 출근하는 건 부담스러운 일이오. 그래서 우리 차를 팔고 자전거를 사서 타고 다닐까 하는데 당신 생각은 어떻소?"

"그것도 좋은 생각이에요. 자전거를 타고 다니면 시골 사람들한테도 좋은 인상을 줄 수 있을 거예요. 그 대신 한 가지 드릴 말씀이 생각나네요."

"무슨 생각이시오?"

"원체 작은 교회라 피아노도 없이 찬송을 불러 왔는데 차 팔아 자전거 사고 남은 돈으로 헌 피아노를 사지요. 제가 피아노는 좀 치니까 반주를 해 주면 한결 좋지 않을까요?"

"하하하, 당신 정말 고맙소. 내가 바로 생각한 것이 그것이었는데 당신이 먼저 말하니 등짐을 내려놓은 기분이오."

"그러셨다면 다행이네요."

"또 한 가지 제안을 하고 싶은데 들어 보시겠소?"

"무슨 생각이신가요?"

"그보다는 조금 어려운 제안인데……. 매월 사례비 45만 원이 본 교회에서 오는데 우리가 30만 원만 가지고 살림을 하고 15만원은 전도자금으로 썼으면 하는데 어떻소?"

"그러면 하루에 만 원을 가지고 살자는 말씀이지요?"

"그렇소."

"우리보다 못 산다는 아프리카 나라는 천 원도 안 되는 생활비로 산다는데 만 원이면 어떻게 살아도 살지요. 그 제안도 오케입니다."

"고맙소. 그런데 또 한 가지 문제가 있소."

"뭔가요?"

"그건 아주 큰 문제인데……."

"우리가 가진 게 뭐 있나요? 아주 큰 문제라면 짐작 가는 게 있어요."

"그 짐작 가는 것도 맞추어 보시구려."

"간단하지요. 이 집을 팔고 교회 옆으로 이사를 하자는 것 아닐까요?"

"하하하, 당신은 귀신같소."

"뭐라고요? 목사님이 귀신이라고요?"

"이크! 내가 실수를 했소. 당신은 천사 같소. 하하하."

"그것도 좋은 생각이에요. 교회 옆에 살면서 목양을 해야지 여기 뚝 떨어져 살면서 출퇴근이나 한다면 성도님들과 친교가 이루어지기 어려워요."

"그래서 말인데 우리 집을 팔아 교회 옆에 있는 텃밭 넓은 빈집이 있으니 그 집을 사서 이사를 했으면 하오."

"텃밭 넓은 집이라면 좋지요. 거기서 농사도 짓고 먹거리도 구하면 되겠어요."

"당신은 천사요. 어떻게 내 맘을 그렇게 잘 알아맞히시오."

"그뿐이 아닌 걸요."

"뭐가 또 있소?"

"지난번에 교회 구경을 하자고 와서 돌아보지 않았나요?"

"그랬지요."

"교회가 너무 좁고 한쪽 지붕이 무너져 내릴 것만 같았어요."

"그래서요?"

"교회를 맡아 오는 목사가 그걸 그대로 두고 볼 수는 없지 않겠어요?"

"……."

"무너질 듯한 쪽을 넓히면서 지붕 수리를 하면 좋을 것 같아요."

"어찌 그런 생각까지 하시었소?"

"똑똑한 사모라면 그런 것쯤은 생각할 줄 알아야지요. 호호호."

"하하하 고맙소. 내가 하고 싶은 일들을 모두 꿰뚫어보고 있으니 내 입은 할 일이 없으니 잭을 채워야겠소. 하하하."

사모는 한 술 더 떠서 말했습니다.

하나님이 사람을 초청할 때

"당신께서 결심하고 작은 교회에 오셨으니 저도 힘껏 내조를 해야지요. 그렇게 하여 성도들을 기쁘게 해주고 믿지 않는 이웃이 교회로 오도록 해야지요. 동네는 안팎으로 백여 채가 넘는 큰 마을인데 성도는 겨우 열 가정에 이삼십 명이라니 전도 대상이 90여 가정이 있는 셈이에요. 그들을 위하여 기도하고 봉사도 아끼지 말아야겠어요."

"허허, 담임으로 온 나보다 당신이 더 열심인 것 같소."

이렇게 부부가 의견이 같아서 일은 쉽게 이루어졌습니다.

첫째 자동차를 팔아 자전거를 사고 남은 돈으로 피아노를 샀습니다.

둘째 아파트를 팔아 동네 빈집을 사고 남은 돈으로는 교회 지붕과 내부를 크게 수리하여 전보다 넓고 쾌적한 교회로 만들었습니다.

셋째 목사님은 낮에 믿지 않는 가정에서 들일이 있을 때 가서 봉사하며 마을 사람들과 친교를 맺기로 했습니다.

넷째 사모는 동네 학생들 가운데 학습 실력이 부진한 아이들을 찾아가 무료로 과외지도를 해주기로 했습니다.

처음에는 마을 사람들이 경계를 하고 장 목사 부부의 접근을 회피했습니다. 그러나 그다지 오래 걸리지 않아 마을 사람들은 장 목사의 진심을 알아주기 시작했습니다.

장 목사가 교회 바로 옆집에서 들일하던 날 찾아가 인사를 했습니다.

"수고 많으십니다. 오늘은 제가 일을 좀 거들어 드리려고 왔습니다. 받아주시겠습니까?"

교회에서 가장 가까운 집에 사는 이북에서 온 노 씨라는 영감이 말했습니다.

"일없어요. 무슨 꿍꿍이속이 있어서 그러는지 모르지만 우리는 아무리 그래도 예수는 절대 안 믿습니다. 그러니 다른 집에나 가서 도와주시든지 말든지 하시오."

"아닙니다. 다른 집보다는 교회에서 가장 가까운 이웃을 먼저 도와드려야지요. 저는 젊고 힘이 있습니다. 아저씨 댁에서 교회에 나오라고 도와드리는 건 아닙니다. 저는 교회에서 생활하면서 시간이 남을 때는 동네 어른들 일손을 도와드리겠다고 하나님과 약속을 하고 왔습니다. 절대로 부담 갖지 마십시오. 교회에 나오시지 않아도 됩니다."

"허허, 목사가 우리 같은 사람들이 하는 일도 할 수 있겠소?"

"무슨 일이든 시켜만 주십시오. 다 해내겠습니다."

이런 식으로 대화를 하면서 교회에서 가장 가까운 가정부터 일하는 날에는 따라 다니며 일손을 거들었습니다. 새로 온 목사가 일도 잘하고 바쁠 때는 거저로 일을 해준다는 소문이 온 동네에 퍼지자 어떤 집에서는 일을 도와달라고 청하기도 하였습니다.

"젊은 목사님, 오늘은 어느 집 일을 도와주실 겁니까, 우리 집 일을 좀 거들어 주시면 교회 다니는 것도 고려해 보겠습니다."

"감사합니다. 일을 맡겨주신다니 교회에 안 나오시더라도 가서 도와드리겠습니다."

"교회 나오라고 꾀는 건 아니시지요?"

"교회는 아무나 나올 수 없다고 했습니다."

"뭐요? 아무나 나올 수 없다니요?"

"하나님이 초청한 사람이 아니면 교회에 못 온다고 성경에 써 있습니다."

"허허. 세상에 누가 하나님이 초청하여 교회에 다니는 사람이 있단 밀이오. 나는 이 나이가 되도록 그런 사람을 보지 못했소."

"하나님이 사람을 부를 때 사람 눈에 띄게 부르시지 않습니다. 제 말씀만 믿고 일이나 시켜 주십시오."

"목사님도 하나님이 불러서 목사가 되시었소?"

"그렇습니다."

"허허, 별 소리를 다 듣겠네. 좌우간 일을 도와준다고 왔으니 품값도 드릴 테니 잘 해 주시오."

"품값은 안 받습니다."

"정말 거저 해 주신다는 게요?"

"그렇습니다."

많은 이웃사람들이 일을 거들어주려고 갈 때마나 이런 대화가 오갔습니다. 동시에 일을 거들어 준 집 사람은 장 목사를 고맙게 생각하고 친절히 대해 주었습니다.

그러던 중 동네에서 가장 수다스런 박 영감이 주일에 교회를 찾아왔습니다. 장 목사는 반가워하며 맞았습니다.

"이렇게 교회를 찾아주시니 감사합니다."

"들자 하니 교회는 하나님이 초청한 사람들만 모인다고 했다는데 그게 사실이시오?"

"그랬습니다."

"나는 하나님이 언제나 초청할까 하고 기다려 보았으나 초청을 해 주시지 않아서 내 발로 왔소. 그래도 나를 받아 주시겠소?"

"물론입니다. 하나님은 초청하지 않은 사람이 오시면 더욱 기뻐하시고 축복해 주십니다."

"좋아요. 내가 이제부터 동네 사람들을 불러오겠소."

"그러시면 감사하지요."

"그런데 내가 동네 사람을 불러서 교회로 오라고 하면 내 말을 들을까요?"

"그렇습니다. 누군가가 사람이 초청하는 것은 바로 하나님이 초청하시는 것입니다."

"아아니, 그럼 내가 하나님과 동업하는 꼴이 아니오?"

"사람하고 동업하는 것도 쉽지 않은데 하나님의 동업자가 되신다면 더 이상 좋은 동업자가 어디 있겠습니까?"

"하하하, 내가 하나님과 동업자가 된다고?"

그렇게 하여 나타난 박 영감은 마을 바깥노인들을 많이 모셔왔습니다. 한편 사모는 동네 사정을 살피며 학교 다니는 아이들 가운데 학과실력이 부진한 아이들을 찾아 무료로 과외 공부를 시켜서 성공을 거두었습니다.

학급에서 꼴찌만 맡아 놓고 하던 아이가 반에서 중상급의 실력을 발휘하는가 하면 중간 가던 아이들이 반에서 일등을 하는 등 실력이 늘어났습니다. 아이들 실력이 늘어나자 엄마들이 모두 교회를 찾아오면서 말했습니다.

"교회를 다니고 싶진 않지만 우리 아이 공부시켜주신 은혜를 갚자만 교회라도 나와 주어야지 어쩌겠소."

이렇게 부부가 노력한 결과 그 해 크리스마스 날은 온 동네 사람이 다 모이다시피하여 큰 잔치를 벌였습니다. 그간 하나님을 믿는 가정이 마을 전체의 반을 넘기고 성도가 130명으로 불어났습니다. 장 목사 부부가 교회를 맡은 지 1년도 안 되어 백 명의 성도가 늘었고 그 해의 성탄절은 특별히 본 교회 서 목사님이 직접 참석하여 예배 축하 인도를 했습니다.

교회는 날로 성장하고 마을 사람들은 서로 성도가 되어 전보다 친밀하게 도우며 사는 모범 마을이 되었습니다. 장 목사가 작두교회에 부임한 지 일 년이 지나자 서 목사님이 아들 목사를 불러 물었습니다.

"어떠냐? 장 목사가 대단하지 않으냐?"

아들 서 목사는 심드렁하게 대답했습니다.

"차 팔고 집 팔아서 동네 사람을 돕는데 누구는 그 정도를 못해요."

"너도 할 수 있겠느냐?"

목사님의 한탄

서 목사는 아들을 그 교회로 파송할 의도로 물은 것입니다. 그뿐 아니라 순종하면 장차 본 교회 요직에서 봉사할 수 있게 하겠다는 의도도 있었습니다. 그러나 아들은 한 마디로 오만한 대답을 했습니다.

"저는 그렇게는 못해요. 주의 종이 자전거를 타고 다닌다는 것도 그렇지만 집을 팔아 교회를 수리한다고요? 그런 작은 교회에서 언제 그 돈을 건지나요. 목사라고 죽어 살라는 법 있나요?"

"할 말이 있으면 더 해 보거라."

"제 생각이 그렇다는 것이지만 모든 것은 저 혼자 결정할 일도 아니고 안사람하고 의논도 해 봐야겠어요."

"그럼 그렇게 해라. 부부가 의논하여 바로 대답하기 바란다."

그리고 며칠 뒤에 당회장실에 아들과 며느리가 들어왔습니다. 며느리가 당돌하게 말했습니다.

"아버님, 우리 보고 작두교회로 나가라고 하시는 건 너무 하신 것 아닌가요?"

"무엇이 너무하다는 거냐?"

"우리 같은 대형교회 아들과 며느리가 산골 동네 몇 집 안 되는 그런 곳으로 가라는 것은 저희 보고 나가라고 하시는 말씀으로 들려요."

"나는 이 교회를 개척할 때 교인 여섯 명을 모시고 예배하며 지금까지 걸어왔다. 그 교회는 백 명이 넘는 교회로 그 일대가 앞으로는 도시계획에 들어 있어서 크게 성장할 수 있는 곳이다. 멀리 내다보는 안목도 있어야 한다."

"아버님이 개척하여 이만한 교회가 된 것은 저도 압니다. 그러나 아들이 목사로 있는 교회에서 당연히 후임은 아들 목사가 되어야 하는 거 아닌가요?"

"목사를 세습한다는 말이냐? 나는 목사의 세습을 절대로 반대하는 사람이다."

"아버님이 교회를 개척할 때 가난한 속에서 배를 곯아가면서 아버님을 따라 교회를 지킨 아들의 생각은 안 하시는 것 같아요."

"교회는 교회를 지킬 만한 사람이 지켜야 한다. 나는 이미 후임자를 결정한 터이니 그런 말은 하지 말거라."

"후임자라면 그 교회 장 목사를 말씀하시는가요?"

"그래. 그런 사람이 맡아야 한다."

"장 목사는 신학교밖에 안 나왔고 그 사모도 고졸 출신으로 별 볼일 없는 여자잖아요?"

"별 볼이 없다니 얼마나 훌륭한 사모인데 그런 말을 하느냐?"

"우리는 부부가 다 박사 학위를 받았고 어디다 내세워도 부끄럽지도 째이지도 않는 사람들이에요. 우리 같은 자식들을 두고 그런 사람을 후임으로 세우신다는 것은……."

서 목사는 부아가 나는 것을 억지로 눌렀습니다.

"긴 말할 것 없다. 나는 너희들이 가지고 있는 박사학위도 없고 자랑할 것이라곤 성실과 봉사하는 겸손한 허리를 가졌을 뿐이다."

"아버님 때는 다들 그 수준이었지만 지금은 달라요."

"내 말을 듣지 않겠다면 너희들끼리 독립해서 교회를 개척하도록 하여라. 내가 아버지로서 자식 잘못 키운 것이 부끄럽고 애비의 그늘에서 잘못 자란 너희들이 안타깝다."*

노숙자 예수

즐거운 크리스마스이브입니다. 온 세상이 예수 그리스도의 탄생을 축하한다고 거리가 떠들썩하고 교회마다 잔치를 합니다. 골목에는 술꾼들까지 나와 길을 누비며 친목회를 합니다. 여기저기 모임이 있다 하여 술렁입니다. 어떤 술꾼은 이렇게 소리칩니다.

"오늘 따라 웬 예수쟁이들까지 나와서 야단이야!"

"야단이 뭐냐, 야단법석이지."

"너희들이 야단법석을 알기나 하고 쓰냐?"

"그래, 너 똑똑해. 야단법석이 뭐냐?"

"야단법석이란 기독교인들하고는 안 맞는 말이다 이 말이야."

"그게 뭔데?"

"야단이란 불교에서 쓰는 야단 즉 밖에다 단을 쌓고 거기서 스님의 설법을 듣기 위해 모인 불자들이 와글거린다는 말이야."

"잘났어 너, 그럼 예수쟁이가 모여서 와글거리는 것은 무어라고 하는 거냐?"

"예배드린다는 거다."

술꾼들이 이렇게 주고받으며 걸어가는 뒤를 초라한 차림의 사람이 따르고 있었습니다. 너무 초라하여 거지라고 하는 말이 맞습니다. 흐트러진 머리, 다 해진 바지에 축이 없는 낡은 구두, 헐렁거리는 외투는 구멍이 숭숭 나서 바람이 제 맘대로 들락거립니다.

교회마다 십자가 탑에 오색 등이 줄줄이 걸려 반짝거리고 교회 지붕 둘레는 황금빛 등줄을 걸어 놓아 황궁처럼 화려합니다. 교회 문 앞에는 말끔하게 차려 입은 봉사자들과 성도가 웃음으로 화장을 하고 사랑의 대화를 나눕니다. 바로 천국 모습이 거기 있습니다.

거룩한 분위기에 말끔한 교회 안으로 키다리 거지 하나가 다른 사람의 뒤를 따라 들어갔습니다. 이때 봉사 집사가 그 앞을 가로막았습니다.

"댁은 안 됩니다."

키다리 거지가 대답했습니다.

"왜 안 된다는 거요?"

"오늘은 예수님이 오신 거룩한 날입니다. 그런 차림으로는 안 됩니다."

"그럼 어떤 사람이 들어가야 하오?"

거칠게 보이는 사람이 큰소리로 대답했습니다.

"말이 많군. 좋게 말할 때 꺼져."

"미안하오. 교회 안이 어떻게 생겼는지 보고나 가겠소. 그것도 안 되겠소."

"빨리 보고 나가시오."

키다리 거지는 교회 안을 둘러보았습니다. 성도들은 모두 경건하게 앉아 찬송을 부르고 기도를 하고 아이들은 강단 무대에서 무용을 합니다. 한쪽에는 어린 아기를 안고 있는 마리아 모양도 만들어 놓고 벽에는 '기쁘다 구주 오셨네'라는 글씨도 금빛 은빛 수를 놓아 아름답게 꾸며 놓았습니다. 뒤에 따라온 집사가 말했습니다.

"다 보았으면 나가시오."

돌아서서 나오는 길에 어떤 거지 아이가 들어오려다가 봉사집사에게 막혔습니다.

"넌 들어가면 안 돼!"

"나도 사람인데 왜 안 돼요?"

"허허. 쪼그만 것이 감히."

다른 여자 집사가 끼어들었습니다.

"안 된다면 그런 줄 알고 나가 애!"

아이 거지는 고집을 부렸습니다.

"나도 예수 믿는다고요."

"예수를 믿는다면서 옷이 그게 뭐냐? 오늘은 안 돼. 예수님이 세상에 오신 날이야."

"그런 건 저도 알아요. 그렇지만 예수님은 거지라고 내쫓지는 않으셨어요."

이때 남자 집사가 다가들어 아이를 잡아끌고 교회 대문 밖으로 밀어냈습니다.

"오늘은 성탄절이라 곱게 보내는 줄이나 알아. 거지 주제에!"

키다리 거지가 그 아이 곁으로 갔습니다. 아이는 눈을 반짝이며 올려다보았습니다.

"아찌, 아찌도 쫓겨났지?"

"그래, 쫓겨났다."

"아찌도 예수 믿어?"

"너 같다."

"내가 어떤데?"

"배고프면 하나님 살려 주세요 하고 배부르면 하나님을 잊어버리고."

"아찌, 정말 잘 안다. 난 그래. 아찌도 그랬단 말이지?"

"어디로 갈 거냐?"

"오늘은 갈 데가 많지만 어디를 가도 찬밥이야."

"찬밥?"

"아찌, 나하고 저기 갈까?"

"어디냐?"

"큰 교회에 가면 들어갈 수 있어."

"그래?"

"거기는 문이 여러 개고 사람들이 많아서 들어갈 수 있어."

"가 보자."

아이 거지와 키다리 거지가 아주 큰 교회 안으로 들어갔습니다. 정말 사람들이 많았습니다. 모두 옷도 곱게 차려 입고 착한 미소를 짓고 있었습니다.

이층 중간 자리에 앉았습니다. 목사님도 잘 보이고 일층 사람들 머리며 옷차림도 잘 보였습니다. 아이 거지가 말했습니다.

"아찌, 여기 좋지?"

"좋구나."

한참이 지났을 때입니다. 자리가 꽉 찼습니다. 사람들이 자리를 찾아 이리저리 돌아다니면서도 거지가 앉은 옆으로는 오지 않았습니다. 두 거지가 앉은 좌석은 비어 있고 모두가 무시하고 원망하는 눈길을 보내고 있었습니다. 예배가 시작될 시간입니다. 봉사집사 세 사람이 다가왔습니다.

"두 사람 일어서시오."

아이 거지가 빤히 바라보며 대답했습니다.

"왜요?"

"일어나라면 일어나. 별것들이 다 와서 자리를 차지하고 있어."

아이는 지지 않았습니다.

"아저씨는 별건가요?"

곁에서 함께 봉사하는 집사가 친절하게 말했습니다.

교회에서 쫓겨난 두 거지

"미안하지만 일어나 주세요. 예배가 시작되면 텔레비전 방송국에서 예배 장면을 촬영합니다. 만약에 여기를 촬영하면 곤란합니다."

아이가 대답했습니다.

"그럼 텔레비전에 내가 나온다는 거 아녀요?"

봉사집사가 무서운 얼굴을 하고 차갑게 말했습니다.

"어린 게 말이 많아."

이 장면을 보고 있던 뒷자리 뚱보 성도가 눈살을 찌푸리고 한 마디 했습니다.

"가만 두시오. 그 사람들도 사람이오."

봉사집사가 말을 받았습니다.

"죄송합니다. 만약 이 자리가 텔레비전에 비치면 어떻게 되겠습니까."

"뭣이 어떻다는 거요? 예수님 탄생을 저런 사람들도 와서 경배하고 예배한다고 생각할 거 아니겠소?"

이때 화려한 옷을 입은 여자 성도가 대들듯 말했습니다.

"그런 억지소리는 하지 마세요. 사람들이 뭐라고 하겠어요. 예수 믿는 사람이 거지꼴이 뭐냐고 비웃을 거 아니에요? 자리도 좁은데 두 사람이 긴 의자를 통째 차지하고 있잖아요?"

뚱보 남자가 대답했습니다.

"저 사람들이 강제로 이 의자를 차지한 건 아니잖아요. 다른 사람들이 그 곁에 앉지 않으니까 이렇게 된 거 아니오?"

엄숙하던 분위기가 어지러워지자 키다리 거지가 일어서면서 아이 거지를 잡아당겼습니다.

"애야, 가자. 우리 때문에 사람들이 불편해 한다."

"아찌, 조금만 더 있다가 가요. 텔레비전방송국에서 나오는 거 보고 가요."

"그럴 것 없다. 나가자."

키다리 거지는 아이 손을 잡고 밖으로 나왔습니다. 아이는 골이 나서 투덜거렸습니다.

"사람들이 입으로는 사랑한다고 하면서 우리를 내쫓았잖아요. 우리가 밥을 달라고 했더라면 어떻게 했겠어요? 거지에게 한 것이 나에게 한 것이라고 하신 예수님의 가르침을 모두 잊고 있어요."

"그러냐? 넌 언제 그런 말을 배웠느냐?"

"예수 믿는 사람들한테 배웠지요. 저는 이 교회 저 교회 다니면서 목사님들이 하는 말을 들어서 알아요. 아찌는 그런 것도 몰랐어요?"

"그랬구나."

"아찌, 오늘은 크리스마스이브라 교회마다 돌아다닐 만해요."

"그러냐?"

"잘하면 어떤 교회에서는 떡국도 주고요 과일과 사탕도 주는 걸요."

"그러냐?"

"다녀 보면요, 큰 교회에서는 들어가지도 못하게 하고 아무것도 안 줘요. 그런데 보통 교회나 아주 작은 교회에 가면 우리 같은 사람도 사람으로 쳐주거든요."

"그러냐?"

"아주 큰 교회 사람들은 예수님보다 목사님을 더 알아줘요."

"그러냐?"

"그리고요, 어떤 교회에 가면 자기가 예수라고 하는 목사도 있고요. 또 어떤 교회는 예수교회인 것처럼 해놓고 예수는 안 믿는 곳도 있어요. 가짜지요 가짜. 히히히 웃기는 것들도 있어. 예수를 팔아 사기를 치는 거지요. 그런 것들을 사이비라고 하기도 하고 이단이라고도 해요."

"그러냐?"

"저기는 아까보다 훨씬 더 큰 교회가 있는 걸요."

"그러냐?"

두 거지는 그리로 발길을 돌렸습니다.

노숙자

아이 거지는 키다리 거지 손을 잡고 아주 큰 교회로 갔습니다. 안내 집사들이 대성전은 이미 자리가 차서 들어갈 수 없다고 다른 성전으로 가라고 했습니다.

아이 거지가 키다리 거지 손을 잡아끌었습니다.

"아찌, 이리 오세요, 여기 말고 갈 곳이 있어요."

"그러냐?"

"이 교회는 사람이 많아서 텔레비전으로 예배를 드리는 방이 있지만 거기도 다 찼을 거예요. 그러나 우리 같은 노숙자들이 모이는 곳이 따로 있는데 거기는 언제나 자리가 있어요."

"그러냐?"

아이를 따라 간 곳은 퀴퀴한 냄새가 나고 우중충한 옷을 입은 사람들이 무질서하게 우글거리는 방이었습니다. 거지 아이가 한쪽으로 가서 자리를 잡고 키다리 거지에게 앉으라고 했습니다. 교회 본당에서 찬송하고 아이들 무용하는 모습이 텔레비전에 비치고 있었습니다. 아이가 설명했습니다.

"아찌, 저기 있는 아기 그림이 보이지요? 저건 예수님이 탄생하시던 날의 아기 예수예요. 아찌도 알아요? 잘 모르시지요?"

"그러냐?"

"여기 더 계실래요?"

이때 한 사람이 일어나 소리쳤습니다.

"메리 크리스마스!"

다른 사람이 말했습니다.

"좋아하고 자빠졌네. 메리가 무슨 메리냐. 배고파 죽겠다."

또 다른 사람이 지껄였습니다.

"메리 크리스마스도 배부른 놈들이 하는 소리야. 우리 같은 것들을 예수님이 보신다면 뭐라고 하겠냐?"

또 다른 사람이 웅웅거리는 소리로 말했습니다.

"무거운 짐 진 자들아 다 내게로 오라 내가 너희를 쉬게 하리라."

다른 사람이 더 큰소리로 말했습니다.

"짜샤, 조용히 좀 해. 남 예배드리는데 방해하지 말란 말이야."

"예배 좋아하네. 이렇게 배가 고픈데 예배는 무슨 예배냐? 여기 이렇게 죽치고 있으면 뭐 좀 나오기는 하는 거냐?"

"짜샤, 얻어먹으려면 작은 교회로 가봐."

"이렇게 큰 교회에서도 아무것도 안 주는데 작은 교회에서 뭐가 나오겠냐? 거기 가면 굶어 죽을 걸."

"너 정말 시끄럽게 굴 거냐?"

"네 말대로 작은 교회로 갈란다. 어디 있는지 가르쳐다오."

"네 놈이나 나나 다 노숙자 신세에 갈 곳이 따로 있냐? 아무데나

가면 되지."

이때 아이 거지가 한쪽에 있는 얼굴이 넓적한 사람 앞으로 가서 키다리 거지를 소개했습니다.

"예수님, 오늘 처음 오신 아찌입니다."

그리고 키다리 거지에게 인사를 하라고 했습니다. 키다리 거지는 고개를 숙여 인사를 했습니다. 예수님이라고 불리는 사람은 점잖았습니다.

"어서 오시오. 이런 곳에서 만나 반갑습니다. 이리로 앉으시지요."

생각보다 정중하게 인사를 했습니다. 이때 곁에 있던 노숙자가 비웃는 소리를 했습니다.

"이런 데 있으면서 예수, 예수 하니까 자기가 정말 예수인 줄 아나 보지? 말투가 예수 흉낼 낸다니까."

다른 사람이 끼어들었습니다.

"그러니까 예수지, 너 같은 걸 보고 누가 예수라고 하기나 하냐?"

예수라는 사람이 점잖게 말했습니다.

"사람은 언제 어디서 누구를 만나든지 사돈이 만나서 서로 예의를 갖추듯 그렇게 해야 하는 것이다."

거지 아이가 말했습니다.

"예수님은 꼭 예수님이 하시는 말씀만 하신다니까요."

곁에서 가만히 눈을 감고 있던 대머리가 입을 열었습니다.

열매 없는 무화과나무

대머리는 눈을 지그시 감고 말했습니다.

"예수님이 멀리서 무화과나무가 무성한 것을 보고 가까이 가서 무화과가 잡숫고 싶어서 열매를 구하였으나 나무에 열매가 없어 그 나무를 저주하였느니라."

곁에 앉은 노숙자가 가만히 있지 않았습니다.

"석가께서는 또 무슨 말을 하시려고 이러시나?"

"이놈아 그것도 못 알아듣느냐?"

"그걸 알아들으면 왜 여기 와 있겠나."

"지금 교회가 그렇다는 것이다."

"교회가 어때서? 석가는 심심하면 교회를 헐뜯는 게 탈이야."

"허허, 너 같은 것한테 설명하느니 돼지 코에 금 고리를 달아주는 편이 나으리라."

"돼지 코에 금 고리? 내가 돼지만도 못하다는 말이렷다?"

"네나 나나 돼지만도 못한 인생들이지."

대머리가 예수를 향해 말했습니다.

"여봐 예수, 자네는 내가 한 말을 알아듣겠지?"

"그대 말이 맞으이. 교회가 몸 불리기만 하고 있으니 멀리서 보면 겉만 번드르르할 뿐 속은 한심해. 목사는 입으로 겸손을 외치면서 오만한 자리에 앉아 있고, 장로 중엔 목사를 깔보는 부자도 있고, 헌금 많이 내는 사람이 큰소리를 치고, 사랑을 외치는 사람들이 교회 주변의 이웃집을 헐값으로 사들여 교회 터를 넓히려고 안달을 하고, 그러면서 하나님 나라를 확장한다는 것이지. 오만하기 그지없는 짓거리가 아닌가. 겉으로 보아 거창한 교회에 사랑이 얼마나 있는가 하여 예수님이 찾아오셨으나 사랑은 없고 잎사귀만 무성하여 예수님은 실망하셨던 거지. 비유의 말씀이지만 이 시대를 내다보고 예수님은 경고를 하셨던 거였어."

대머리가 고개를 끄덕였습니다.

"그대는 역시 예수야. 내가 생각한 것도 바로 그런 것이었지. 나야 하나님을 안 믿는다고 나를 석가니 뭐니 하지만 실은 나도 예수는 믿는 사람이라고. 예수쟁이를 못 믿는다는 말이지 예수까지 못 믿는다는 말은 아니야. 석가도 자기가 가르치는 도는 예수께서 오시는 날 기름 없는 등불과 같다고 하셨으니까."

예수가 놀란 듯 말했습니다.

"허허 석가가 그런 말도 할 줄 안다니."

"진리는 진리일 뿐 종교와 상관없는 거 아닌가. 진리는 종교를 끌어가는 힘이니 말일세."

예수가 말했습니다.

"진리에는 거짓이 없고 그 진리 중의 진리는 영혼의 세계가 있다는 것이지."

아이 거지가 말을 잘랐습니다.

"공부나 꽤 한 사람들처럼 어려운 이야기는 하지 않았으면 좋겠습니다."

다른 사람이 거지 아이 말이 맞다고 고개를 끄덕였습니다.

"저 어린 것이 그래도 생각은 어른보다 깊다니까. 아이 배고파 못 살겠다. 밥 좀 주라! 예수야, 석가야."

석가가 받았습니다. 석가는 꽤 쩽쩽한 소리를 냈습니다.

"이 사람아, 배 안 고픈 사람이 이 안에 누가 있냐? 밥 타령하려거든 작은 교회로 가 봐."

예수가 나직이 말했습니다.

"지금은 예배 시간이니 조용히 하고 저기를 보아라. 거룩한 목사님이 나오신다."

목사님이 하얀 가운에 넓적하고 긴 빨간 목 띠를 두르고 거룩한 모습으로 나왔습니다. 성도들이 할렐루야를 외치며 팔을 저었습니다.

석가가 중얼거렸습니다.

"목사가 신이야 신. 진짜 예수가 와도 저럴까?"

예수가 대답했습니다.

"예수님이 오신다면 저 정도 가지고 되나. 온 세상이 뒤집힐 걸."

"그래야 하겠지."

예수가 키다리 거지에게 눈길을 돌렸습니다.

"키다리 선생, 어디서 여기까지 오셨소?"

"……."

"오늘은 크리스마스이브라 밤을 새고 새벽이면 동네를 돌며 새벽송을 부르게 되오. 피곤하면 잠시 저 빈 의자에 가서 눈을 붙이시오."

"……."

대머리 석가가 말했습니다.

"오늘 잠자기는 글렀고 목사님 설교나 잘 들어 보고 내일 새벽송이나 돕시다."

대성전에서 부르는 찬송가가 들렸습니다.

구주의 십자가 보혈로 죄 씻음 받기를 원하네
내 죄를 씻으신 주 이름 찬송합시다.

이때 대머리 석가가 시끄럽게 지껄였습니다.

"내 죄를 씻었으면 저 혼자 찬송할 것이지 왜 남들까지 찬송합시다야. 그렇지 않으려면 우리 죄를 씻으신 주 이름 찬송합시다로 해야 맞지 않느냐고? 찬송가를 잘 들어보면 어법상 오류가 많단 말이야……"

이때 다른 노숙자가 화를 냈습니다.

"이봐, 불만 있으면 안 부르면 될 거 아냐. 은혜로운 시간에 왜 시끄럽게 지껄여."

대머리가 화가 난 듯 또 다른 찬송가를 들고 나왔습니다.

"이런 찬송가도 있소. 내게 있는 모든 것을 아낌없이 바치네 하면서 천 원짜리 내는 것 말이오. 내게 있는 것 다 숨기고 요것만 바칩니다. 그래도 용서하고 내게 복을 주소서 하고 부르면 솔직해서 좋다고 진짜 예수님이 기뻐하실 것 아닌가. 이런 찬송가는 찬송기책에서 빼는 편이 좋을 거야. 입으로는 모든 것을 바친다면서 손으로는 인색하게……."

아이 거지가 말을 가로막았습니다.

"석가님 말조심하세요. 다 그렇고 그렇다는 말이지 뭘 그런 걸 가지고 어쩌고저쩌고 하십니까?"

예수가 말을 받았습니다.

"찬송가는 다 은혜롭게 부르면 되는 것이오. 우리가 살면서 하나님 앞에 거짓말 하는 것이 그 찬송가뿐이오? 잘사는 사람이나 못사는 사람이나 이익 앞에서는 거짓말을 하고도 아닌 척 태연하게 사는 게 우리 아니냐 말이오."

석가가 말했습니다.

"당신은 언제나 그런 말만 하여 예수 소리를 듣는데 어쩌다 노숙자 신세가 되었소?"

거지들의 새벽송

"노숙자가 그냥 되는 줄 아시오. 노숙자가 되기까지는 부자가 되기보다 더 힘든 고비를 겪는 법이오. 굳이 아무 소용없는 지난 이야기 되씹어 무얼 하겠소. 어떤 것이든 괴로운 기억은 빨리 잊는 것이 현명한 것이오."

이때 교회 봉사집사님들이 말했습니다.

"모두들 나가십시오, 새벽송을 돌 시간입니다. 교회 문을 닫고 새벽송 나갑니다."

예수가 앞장서 말했습니다.

"모두 일어섭시다. 이만큼 따뜻한 데서 덕을 보았으니 우리도 새벽송이나 갑시다."

키가 작고 나이가 많은 노숙자가 말했습니다.

"예수님, 찬송가도 없이 새벽송을 돕니까?"

"다 아는 찬송가가 있잖소? 기쁘다 구주 오셨네 만백성 맞으라 하고, 고요한 밤만 부르면 되오."

교인들이 모두 새벽송을 위해 떠났습니다. 노숙자 가운데 교회를 다녀 본 경험이 있는 사람은 새벽송을 가고 안 다니다 온 사람들은 제각기 자기 거처로 갔습니다.

서울역으로 가는 사람, 영등포역으로 가는 사람, 다리 밑으로 가는 사람이 갈렸습니다. 새벽송을 부르겠다고 남은 사람은 예수와 키다리 거지와 아이 거지와 석가와 또 열 한 사람이었습니다. 석가가 말했습니다.

"오늘 우리 대장은 예수가 하시오. 우리는 하라는 대로 따르겠소."

"대장이 어디 있소. 그냥 함께 갑시다. 저기 대문이 큰 집으로 갑시다."

좋게 말하여 노숙자, 솔직히 표현하면 거지들 열네 명이 우르르 몰려들어 대문 앞에서 찬송을 했습니다.

〈기쁘다 구주 오셨네 만백성 맞으라〉

이때 작은 쪽대문이 열리고 한 여자 아이가 내다보다가 대문을 꽝하고 닫았습니다.

"어마!"

거지들이 몰려와 찬송을 부르는 것을 보고 놀라서 문을 닫은 것입니다. 석가가 말했습니다.

"다른 집으로 가자. 문전박대가 심하다. 이런 집에 복을 빌어 줄 거야 없잖아."

노숙자 떼거리는 다른 집으로 갔습니다. 몇 집을 돌아다니며 찬송을 해도 모두 문을 열어 보고 놀라서 문을 걸어 잠그는 것이었습니다. 예수가 말했습니다.

"입은 거지는 얻어먹어도 벗은 거지는 못 얻어먹는다는 말이 진리로다."

아이 거지는 다른 교인들이 옆집에서 새벽송하는 것을 눈여겨보았습니다. 교인들이 둘러서서 고요한 밤 거룩한 밤 하고 찬송을 하자 안에서 주인이 나와 함께 찬송을 부르고 무엇인지 커다란 선물 보따리를 내주었습니다. 그것을 본 거지 아이가 말했습니다.

"예수님 말씀이 맞습니다. 만약 우리가 좋은 옷을 입고 가서 찬송을 불렀으면 문을 걸어 잠그지는 않았을 것입니다. 저기 저렇게 선물을 주지 않아요."

이 모양을 보던 노숙자들이 풀이 죽어 하나 둘 떨어져 나가고 여덟 명만 남았습니다. 석가도 실망하여 말했습니다.

"새벽송도 부자 놀음이로군. 거지가 사람 대접받을 곳은 없는가?"

아이 거지가 대답했습니다.

"딱 한 군데 있어요."

"거기가 어디냐?"

"저기 산동네에 가면 세상에서 가장 작은 교회가 하나 있어요. 나는 아무것도 못 얻어먹는 날은 거기 가서 얻어먹어요."

예수가 물었습니다.

"넌 그 교회에 다니느냐?"

"아니지요. 교회는 안 다녀도 배가 고프면 가는 곳인데요, 거기 목사님은 아주 좋아요. 거기는 어른은 없고 아이들만 모여요. 조무래기 교회지요. 교회에서 주는 사탕과 빵을 얻어먹으려고 오는 산동네 아이들이지요."

석가가 물었습니다.

"세상에서 가장 작은 교회라면 얼마나 작은 교회냐? 우리가 들어갈 자리도 없는 거 아니냐?"

"가 보시면 알아요."

날이 밝았습니다. 노숙자 일행이 교회에 도착했을 때 동네 아이들은 아침 예배를 마치고 우르르 몰려나갔습니다. 산동네 언덕 높이 십자가가 보이고 십자가 탑 밑에는 커다란 종이 달려 있었습니다. 석가가 손짓을 하며 말했습니다.

"저것 좀 보시오. 십자가도 있고 요새는 보기 드문 종까지 있소. 교회 건물도 저만하면 오십, 아니 백 명이 들어가도 넉넉하겠소. 세상에서 가장 작은 교회라더니 크기만 하네."

그러면서 석가가 아이 거지를 바라보았습니다. 아이 거지가 대답했습니다.

"교회 건물만 크면 뭘 해요. 사람이 있어야지."

너덜너덜한 차림의 거지 무리가 교회 안으로 들어서자 젊은 목사가 친절하게 맞았습니다.

"메리 크리스마스! 어서들 오십시오. 반갑습니다."

"메리 크리스마스!"

생각 밖으로 노숙자들은 한 목소리로 메리 크리스마스를 외치고 서로 바라보며 모처럼 밝은 웃음을 나누었습니다. 묵묵히 따라오기만 하던 키다리 거지도 보일 듯 말 듯한 웃음을 짓다가 고개를 돌렸습니다.

목사님 외에 머리가 희끗하고 점잖게 생긴 어른이 다가와 인사를 했습니다.

"오늘같이 좋은 날 여러분이 이렇게 오시니 하나님도 기뻐하시겠습니다. 저는 이 교회 장로입니다. 메리 크리스마스!"

작은 교회라면서 장로까지 있었습니다. 노숙자들은 한쪽으로 몰려 앉았습니다. 예배가 시작되었습니다. 장로님과 목사님은 강단 위에 자리를 하고 성도는 목사님 자녀 남매와 사모 그리고 장로님 부인이신 권사 한 분이 전부입니다. 두 가정에 여섯 명이니 가장 작은 교회가 맞을지도 모릅니다.

장로님이 대표 기도를 마치고 아래로 내려와 노숙자들 곁에 앉았습니다. 목사님의 설교가 시작되었습니다. 여기서 다 기록할 수는 없고 목사님이 하신 말씀 중에 고개가 끄덕여지는 대목은 이렇습니다.

벙어리가 된 새벽종

사람은 몇 안 되는데 목사님은 수만 명이 모이기라도 한 것처럼 크고 힘찬 소리로 설교를 했습니다.

"우리나라가 우상과 사신을 모시던 시절에는 암울하고 희망이 없는 나라였습니다. 그러나 오늘 오신 예수 그리스도의 말씀이 이 땅에 전파된 지 백여 년 만에 우리나라는 세계 어느 나라보다 많은 사람이 하나님을 영접했습니다. 말씀이 전파되는 곳마다 교회가 세워지고 십자가가 세워지고 새벽마다 전국 방방곡곡에 새벽 종소리가 울려 퍼졌습니다."

목사님은 노숙자들에게 눈을 돌리고 묻는 눈으로 말했습니다.

"여러분도 아시지요? 가난 마귀, 질병 마귀가 이 나라를 휩쓸고 있을 때 우리 나라에는 예수님이 누구인지, 하나님을 왜 믿어야 하는지 몰랐습니다. 그러나 육이오 전쟁이 나고 불과 60년 사이에 우리는 어떻게 변했습니까? 세계 십대 부강한 나라 축에 드는 부자 나라가 되었습니다. 제 말씀이 맞지요?"

석가가 큰 소리로 대답했습니다.

"할렐루야!"

이 소리에 노숙자들이 와아 하고 웃었습니다. 할렐루야는 어느 교회에서나 하는 소리라 그게 무슨 뜻인지는 몰라도 이런 순간에 화답하는 소리인 것은 압니다. 목사님도 웃으시며 다음 말을 이었습니다.

"우리가 잘 살게 된 것은 새마을 운동 때문이었습니다. 새마을 운동을 잘 아시지요? 새마을 노래 한번 불러볼까요?"

"할렐루야!"

이번에는 예수가 할렐루야 했습니다. 목사님이 먼저 시작하자 모두 따라 불렀습니다.

새벽종이 울렸네 / 새아침이 밝았네

너도나도 일어나 / 새마을을 가꾸세

살기 좋은 새나라 / 우리 힘으로 가꾸세

이 노랫말이 얼마나 신선합니까. 새마을 노래는 여러분 모두가 알고 있고 함께 부르니 힘이 납니다. 안 그렇습니까?"

"할렐루야!"

이번에는 아이 거지가 화답했습니다. 목사님이 설교를 계속했습니다.

"새마을 운동 노래에 맨 먼저 나오는 말이 새벽종 아닙니까? 그 새벽 종소리를 모두 기억하고 그 소리를 들으면 추억이 떠오르지 않습니까. 그렇습니다. 우리나라는 새벽종 소리가 교회에서 새벽마다 울릴 때 국민이 나태의 잠에서 깨어났고 가난의 굴레에서 벗어났습니다. 새마을 노래는 바로 교회의 종소리로 시작하고 종소리는 하나님을 찬양한 것입니다. 그렇게 고마운 종소리가 지금은 다 어디로 갔습니까."

이때 모두가 숙연해졌습니다.

"교회 종소리는 어리석은 정치인에 의해 벙어리가 되었고 교회 종소리가 떠난 도시에 환락과 무질서가 자리를 잡기 시작했습니다. 우리 교회는 누가 무어라 해도 새벽종을 울립니다. 많은 사람들이 못하게 합니다. 그러나 저와 장로님은 새벽종소리가 주는 축복의 소리를 멈출 수 없다고 생각하여 계속하고 있습니다."

예수가 박수를 치면서 할렐루야를 외치자 모두가 박수를 쳤습니다.

"감사합니다. 우리 교회 창립 이래 이렇게 큰 박수소리가 나기는 처음입니다. 저는 전국 방방곡곡에 있는 벙어리 종들이 일제히 일어나 정치인이나 불신자들이 거부하더라도 새벽을 깨우고, 새벽까지 술과 도박에 취해 있는 사람들 귀에 맑은 구원의 종소리를 들려줘야 한다고 생각합니다. 그런데 이게 뭡니까. 정치에 잡혀 먹힌 교회 종은 지금 어떻게 되어 있습니까. 교회 종을 벙어리로 만든 정치인은 이제 또 더 나쁜 짓을 하려고 획책합니다."

예수도 석가도 그게 무엇일까 생각하며 서로 바라보았습니다.

공격받는 십자가

목사님은 설교를 계속했습니다.

"우리나라에 새벽마다 울리던 종소리는 하늘나라에서 들으시는 하나님의 얼굴을 이 작은 동방의 반 토막 난 한국으로 돌려놓았던 것입니다. 그리고 종소리 나는 곳마다 십자가 탑이 높이 서서 이 땅을 억누르는 마귀의 세력을 물리쳤던 것입니다. 마귀가 싫어하는 십자가가 전국 방방곡곡에 세워지자 가난 마귀, 질병마귀, 싸움 마귀가 달아나고 하나님의 말씀이 전파되고 우리는 복을 받아 부를 누리게 된 것입니다. 정치를 잘하여 부자가 되었다고 하는 사람이 있지만 정치를 잘하게 한 것은 기독교정신이었습니다."

목사님은 잠시 사이를 두고 말을 이었습니다.

"제가 크게 염려하는 것은 종을 벙어리로 만든 자들이 밤마다 하늘 높이 서서 마귀를 물리치는 십자가를 어떻게든지 없애버리려는 술책이 국회를 통과하면 어떻게 하나 하는 점입니다. 정치란 코에 걸면 코걸이 귀에 걸면 귀걸이 같은 것이어서 어떤 구실을 붙이든지 십자가를 장님으로 만들려는 자들이 날뛰기 시작했습니다. 이 땅의 기독교인들은 결코 물러서서는 안 됩니다. 이 땅에 새벽종이 벙어리가 되고 십자가 탑이 장님이 된다면 하나님도 이 땅에서 얼굴을 돌리실 것입니다. 그것을 지켜야 할 의무가 우리에게 있습니다. 우리는 벙어리가 된 종을 꺼내어 모든 교회가 일제히 다시 울리고 십자가를 무너뜨리려는 자들을 물리쳐야 합니다. 정치적 탄압을 전제로 한 법에 의해 기독교가 희생된 것입니다. 그래서는 안 됩니다. 모든 교회가 일어나 일제히 종을 울리면 탄압정치가 물러가고 하나님의 은총이 이 땅을 지켜주실 것입니다. 우리는 마귀의 앞잡이 노릇을 하는 정치인을 물리쳐 달라고 기도해야 합니다."

목사님은 진지하게 설교를 하고 예배를 마쳤습니다. 어느 교회나 헌금을 하는데 여기는 헌금시간이 없었습니다. 석가가 작은 소리로 예수에게 말했습니다.

"헌금시간이 없는 것 같다?"

"왜?"

"그냥 지나가잖아."

"헌금할 돈이나 있고?"

"없으니까 걱정이라 하는 말이지. 아무리 거지라도 헌금은 해야 하는 거 아냐. 난 큰 교회에 어쩌다 가서 어슬렁거리다가 헌금시간이 되면 슬그머니 빠져나왔거든."

"헌금은 부자가 하는 만 원보다 가난한 과부가 바친 20원이 더 귀하다고 하셨다는 것은 알지?"

"그것도 모르면 내가 석가가 아니지."

목사님이 가까이 다가오며 말했습니다.

"오늘은 참 즐겁고 기쁜 성탄절입니다. 여러분이 오셔서 우리 교회 창립 이래 가장 많은 사람이 성탄예배를 드렸습니다. 잠시 후면 아침 식사가 나올 테니 기다려 주십시오."

"할렐루야!"

배고픈 노숙자들한테 이보다 기쁜 소식은 없습니다. 그들은 일제히 할렐루야를 외쳤습니다. 언제 준비를 했는지 떡국과 과일이 푸짐하게 나왔습니다. 굶주린 노숙자들은 모처럼 배를 두드리며 식사를 했습니다.

식사를 마치고 이야기를 나누었습니다. 언제나 석가가 궁금한 것은 먼저 물었습니다.

"세상에서 가장 작은 교회라고 하더니 정말 작습니다. 그런데 목사님은 어떻게 헌금도 안 받고 생활을 하십니까? 오늘 같은 날 이렇게 여럿이 먹을 만큼 상을 차리시는 게 신기합니다."

목사님이 겸손히 대답했습니다.

작은 일

"모두가 하나님의 은혜입니다. 우리 교회는 두 가정에 여섯 명이 예배를 드립니다만 여기 계신 장로님의 도움으로 어려움 없이 지냅니다."

곁의 장로님이 더 겸손하게 말했습니다.

"아닙니다. 저는 아무것도 한 것이 없습니다. 오늘 설교를 들어서 아시겠지만 목사님은 저보다 연세는 낮으셔도 생각하시는 것은 제가 못 따라 갑니다. 그래서 목사님을 존경하고 무엇이든 힘이 되어 드리려고 노력합니다."

예수가 물었습니다.

"장로님이 교회 주인이신 거나 마찬가지 아닙니까?"

"아닙니다. 교회는 하나님의 집이고 성자 예수님을 모시는 집이지요. 목사님과 저는 종들일 뿐입니다."

거지 아이가 엉뚱한 소리를 했습니다.

"더 큰 교회에 가셔서 목에 힘도 주시고 크게 활동도 하시지 않고……."

석가가 말을 막았습니다.

"네가 뭘 안다고 어른들 말씀하시는데 끼어 드냐?"

장로님은 아무렇지도 않게 대답했습니다.

"큰 교회는 큰 장로님들이 모시면 되고 저 같은 사람은 작은 교회에서 할 일이 있습니다. 모두가 큰 교회로만 몰리면 하나님 나라는 좁아집니다. 그리고 큰 교회에 소속되어 있다가 잘못하면 오만한 자리에 앉으려는 죄를 지을 수도 있습니다."

예수가 아는 체했습니다.

"복 있는 사람은 악인의 꾀를 좇지 아니하며 죄인의 길에 서지 아니하고 오만한 자의 자리에 앉지 않느니라."

목사님이 웃으며 받아 말했습니다.

"그렇습니다. 오만한 자리에 앉는 것을 즐기는 사람은 하나님이 가장 싫어하십니다. 우리 교회가 세상에서 가장 작은 교회 같지만 우리보다 더 작은 교회도 많습니다."

곁에서 듣고 있던 노숙자가 한 마디 했습니다.

"교인이 여섯 명도 안 되는 교회가 또 있습니까?"

장로님이 대답했습니다.

"예, 있습니다. 우리 목사님은 우리보다 작은 교회를 돕고 계신답니다."

석가가 신기하다는 듯 말했습니다.

"그런 교회도 있다고요?"

"그렇습니다. 우리같이 작은 교회는 작은 일을 감당합니다."

석가가 또 물었습니다.

"작은 일이라니요?"

"우리같이 산동네 작은 교회는 장년 전도가 어려우므로 어린이들을 위한 예배 프로그램을 만들어 어린이들에게 하나님 말씀을 가르칩니다. 오실 때 보셨지만 아이들은 어른과 달라 교회에서 조금만 노력하면 많이 옵니다."

"뭐라도 주나 보지요?"

"그렇습니다. 아이들한테 아주 작지만 선물을 주면 그것 받는 재미로 옵니다."

"낚싯밥을 던지시는군요?"

"그렇습니다. 사탕 몇 알을 나누어 줌으로써 아이들이 사탕에 말씀을 발라 먹지요."

예수가 웃으며 말했습니다.

"사탕에 말씀을 발라 먹는다는 말씀은 아주 그럴 듯하고 멋지게 들립니다. 그런데 큰 교회는 무슨 일을 하기는 합니까? 난 지금까지 큰 교회에서 밥 한 그릇 못 얻어먹었고 사람대접 한 번 제대로 받아본 적이 없는데요."

목사님이 대답해습니다.

"기독교인은 예수님의 가르침을 지킵니다. 오른손이 한 일을 왼손이 모르게 하라는 말씀을 실천하는 것이지요. 큰 교회라고 해서 국가도 못하는 가난 구제를 할 수는 없지요."

"우리 같은 거지들한테 밥 한 그릇을 안 주면서 무슨 큰일을 한다는 겁니까?"

큰 일

이번에는 장로님이 대답했습니다.

"큰 교회에서 아무한테나 식사를 제공하면 나라에 걸인을 더 많이 만드는 결과가 되고 맙니다. 큰 교회는 대단한 일을 합니다. 우리나라에서 파견한 선교사가 전 세계에서 미국 다음으로 많습니다. 우리는 60년 전에 해외 선교사의 도움으로 굶주림에서 벗어난 나라입니다. 지금은 우리가 그들의 덕으로 잘 살게 되었으므로 수만 명의 선교사를 파송하여 우리보다 못 살고 하나님을 모르는 나라에 하나님 말씀을 전하는 것은 당연한 일입니다."

석가가 말했습니다.

"그 말씀이 일리는 있지만 우리나라에도 아직 우리 같은 사람들이 있는데 눈을 남의 나라에 돌린다는 건 잘못이 아닐까요?"

"아까도 말씀했지만 교회에서 잘못하면 나라를 더 어지럽힐 수 있습니다. 그런 문제는 나라에서 해야 할 것입니다. 어떤 교회에서는 가난한 가정의 심장병 어린이 만 명 이상에게 수술비를 대주었고 가난하여 무너져 가는 집을 수리해주고 오갈 데 없는 노인들을 보호하고 있습니다. 그런 일은 정부에서도 하기 힘든 일이지요."

"그렇다는 말은 들었습니다. 그 교회 말고 다른 교회들은 무얼 합니까?"

"모두가 남모르게 가난한 이웃이나 미자립교회와 후진국 사람을 돕기도 합니다. 그러나 교회는 그들이 한 일을 절대 자랑하지 않습니다. 그래서 교회가 하는 일은 아무도 모릅니다. 그것이 예수님이 가르치신 교훈이니까요."

석가가 웃으며 예수에게 농담을 했습니다.

"이봐 예수, 목사님 말씀이 맞아?"

이 말에 모두가 와아하고 웃었습니다. 석가가 또,

"장로님은 무얼 하시는 분이신데 그 연세에 목사님을 도와주십니까?"

이 대답은 목사님이 하셨습니다.

"우리 장로님은 학교법인 인평학원 재단이사장님이시며 전 문교부 차관을 지내셨으며 작가이시기도 합니다."

노숙자들은 놀라 입을 벌리고 다물지를 못했습니다. 석가는 기가 차서 예수를 보고 말했습니다.

"예수, 자네가 아무리 예수라도 장로님만큼 할 수 있어? 그런 훌륭한 분이 이렇게 작은 교회에 와서……"

예수가 머리를 숙였습니다.

"장로님 존경스럽습니다. 저는 별명이 예수일 뿐 노숙자 거지입니다. 죄송합니다."

석가가 의외로 예수를 추켜세웠습니다.

"장로님, 이 친구가 예수라는 말을 그냥 듣는 건 아닙니다. 비록 이 꼴로 살지만 생각하는 것이나 행동은 예수님입니다."

장로님이 말했습니다.

"그렇습니까. 예수님이라는 말을 아무나 듣기는 힘들지요. 별명이 석가이신데 그 별명 역시 그냥 얻은 건 아닐 것입니다."

예수가 석가에 대해 말해 주었습니다.

농군 목사

"이 친구는 석가라는 말을 들어도 좋을 만큼 노숙자 세계에서는 알아주는 정의파입니다. 진짜 석가모니가 그 속에 끼어도 그만은 못할 것입니다."

목사님이 아주 흐뭇한 미소를 지으며 입을 열었습니다.

"모두들 훌륭한 분들이십니다. 그런 분들이 우리 교회를 찾아 주셨으니 감사합니다."

석가는 또 궁금증을 참지 못하고 물었습니다.

"이 교회보다 더 작은 교회를 목사님은 돕고 계시다는데 그런 교회는 어떤 교회입니까?"

"잘 물으셨습니다. 오늘은 크리스마스 날이라 오후에는 그 교회를 갈 계획인데 한번 동행해 보시겠습니까?"

예수도 석가도 좋다고 하면서 아이 거지와 키다리 거지에게도 같이 가자고 하였습니다. 그렇게 하여 목사님을 따라 가기로 하고 길을 떠났습니다.

장로님 승합차에 올라 두 시간을 달려간 곳은 아주 깊은 산골입니다. 산 아래 나무십자가가 있는 작은 교회가 보였습니다. 집들이 여기저기 흩어져 있는 평화로운 마을이었습니다. 교회는 시멘트 벽돌집으로 작았습니다. 그러나 종탑과 십자가만은 큰 교회 못지않게 우뚝 서 있었습니다.

그 교회에는 목사 부부와 중학교에 다니는 아들이 하나 있고 칠십이 넘은 할머니 권사 등 네 명이 전부입니다. 중학 다니는 아이는 서울 산동네 목사님이 보내주는 후원금으로 학교를 다니고 그 목사님은 하루는 전도를 하고 하루는 동네 농사꾼으로 하루거리 품을 팔며 생활하고 있었습니다.

석가가 기가 막힌 듯 중얼거렸습니다.

"하나님도 너무 하시지. 어떤 목사는 고급 승용차에 비서를 두고 오만한 자리에 앉아 호의호식하는데 이런 산골 목사는 날품팔이를 한다니 허허허. 나무아미타불."

거지 아이도 덩달아 한마디 했습니다.

"사명감을 가지고 하나님의 일을 한다는 목사가 농사꾼도 아니고 목사도 아니고 안 그래요 아찌?"

키다리 거지는 조용히 웃을 뿐 대답을 하지 않았습니다. 석가는 또 입이 근질거리는 듯,

"목사님, 이런 산골에서 무슨 전도를 합니까? 농사를 하든지 아니면 도시로 가서 전돌 하셔야지 여기서 무슨 전도를 하신다는 겁니까?"

농부 목사님이 대답했습니다.

"농촌에는 어른들 전도가 어렵습니다. 그래서 어린이들에게 말씀을 전하지요. 어린 영혼에게 말씀을 전하는 것이 우리의 사명입니다. 어린이들에게 말씀을 전하는 것은 농부가 가을을 위해 씨를 심는 것과 같습니다. 교회에서는 아이들을 돌보며 설교하고 들로 나가서는 농사꾼이 되어야 합니다. 예수님도 저 같았으면 농부들과 어울려 들일을

하며 하늘나라를 가르쳐 주셨을 것입니다. 저는 들에서 마을 사람들과 일을 하면서 하나님 말씀을 전합니다."

"그렇게 하여 전도된 교인도 있습니까?"

예수가 묻자 농부 목사님이 대답했습니다.

"아무리 말씀을 전해도 어른들은 들을 때뿐입니다. 옳은 말이오, 그 말이 맞소 하면서도 교회에는 안 나옵니다."

어느새 해가 서산에 걸렸습니다. 목사님이 제안했습니다.

"잠시 후면 동네 아이들이 모여서 성탄 축하 예배를 드립니다. 함께 예배드리고 내일 가시지요."

노숙자들은 내일 가라는 말에 귀가 번쩍 열렸습니다. 어쨌든 오늘 밤은 편히 보내고 밥도 배불리 먹을 수 있으리라는 생각 때문이었습니다. 장로님이 둘러보며 말했습니다.

탄일종

"해마다 우리는 크리스마스 저녁 예배를 여기서 드려 왔습니다. 여러분도 오늘은 우리와 함께 하십시다."

석가가 시원스럽게 대답했습니다.

"감사합니다. 그렇게 하겠습니다. 이봐, 예수 그렇게 할 거지?"

"물론 해야지."

이렇게 하여 날이 어두워지자 농부 목사님이 나가서 종을 쳤습니다.

'땡그렁 땡, 땡그렁 땡…….'

평화롭고 아름다운 종소리가 멀리멀리 산을 넘고 들을 지나 하늘 끝으로 퍼져나갔습니다. 종소리를 들으면서 예수가 감격스럽다는 듯 중얼거렸습니다.

"아, 잃어버린 종소리가 그립다. 내 고향에도 내가 어렸을 때 저 종소리가 울려 퍼졌었는데 어느 날부터 끊어졌어. 이 얼마나 평화로운 소리인가……."

석가도 중얼거렸습니다.

"절에서는 정치 바람도 안 쏘이고 지금도 종이 울리는데 교회 종은 누가 묶어 놓았는가. 새벽마다 듣던 교회 종소리가 추억 속에 아련하다……."

종소리에 모두가 추억을 더듬고 있었습니다. 아이들이 모여들어 교회 안은 한동안 와글와글하였고 아이들이 순서를 따라 찬송가를 부르고 여자 아이들은 무용도 하였습니다. 아이들에게 찬송가와 무용 지도는 농부 목사 사모님이 맡아 하였습니다.

아들딸을 교회에 보낸 마을 사람 중에 몇이 와서 자기 아이들 재롱을 보고 돌아갔습니다. 간소한 예배가 끝나고 산속 교회에는 아이들 찬송소리가 오래오래 쟁쟁하게 맴돌았습니다.

탄일종이 땡땡땡
은은하게 들린다
저 깊고 깊은 산속 오막살이에도
탄일종이 울린다.

탄일종은 도시에서 사라진 지 오랩니다. 거지 아이가 작은 소리로 이렇게 노래했습니다.

탄일종이 땡땡땡
산속에서 들린다
저 종을 잃은 도시 사람 가슴마다
추억종이 울린다.

석가가 듣고 한 마디 했습니다.
"어쩌다 이런 꼴이 된 거냐? 종소리가 얼마나 고마운 소리였는지 오늘 새삼 느껴진다. 아침에 산동네 목사님 설교가 명설교였다."
밤이 깊고 모두 교회 안에서 자리를 펴고 잠자리에 들었습니다. 다들 잠든 줄 알았는데 아이 거지와 키다리 거지는 자지 않고 있었습니다. 키다리 거지가 작은 소리로 말했습니다.

사라진 거지

"네 덕분에 즐거운 크리스마스이브도 보냈고 오늘 하루도 잘 보냈다. 진짜 예수가 너를 만나 소원이 무엇이냐? 내가 들어 주마하면 무슨 말을 하고 싶으냐?"
"저 같은 것한테 진짜 예수님이 나타날 리도 없지만 만약에 나타나시면……."
거지 아이는 잠시 뜸을 들이다가 대답했습니다.

"어렸을 때 잃어버린 엄마를 찾고 싶고요. 또 중학에 가서 공부도 하고, 저 장로님처럼 출세도 하고 부자가 되어 장로님처럼 작은 교회에 가서 예수님을 찬양하며 봉사하고 싶어요."

"또?"

"말해 봐야 소용없는 말을 더 해 무엇해요. 지금 말한 대로만 된다면 예수님도 좋아하시지 않겠어요?"

"그렇겠지. 꼭 그렇게 하거라. 네 소원대로 다 이루어질 것이다."

"아찌가 예수님이나 되나요? 그렇게 말하게……."

"사람은 소원이 있으면 소원을 이루기 위해 노력하게 되어 있고 노력하면 반드시 이루어진다는 것을 알고 있다. 내일부터는 저 예수를 따라가거라. 저 예수가 네 소원을 이루어줄 것이다."

"그런 걸 어떻게 믿어요. 저 예수도 노숙자 신세인데요."

"꿈이 있는 사람은 노숙자일지라도 반드시 일어선다. 저 노숙자는 꿈이 있는 사람이야. 내 말 명심하고 내가 안 보이더라도 찾지 말고 저 사람을 따라라. 네 꿈이 이루어지거든 반드시 오늘 한 약속을 지켜야 한다."

"물론이지요. 아찌는 어디로 가시나요?"

"간다. 오늘 나는 네 덕에 많은 것을 보고 배웠다."

다음날 아침입니다. 모두가 일어났으나 키다리 거지는 보이지 않았습니다. −끝−

귀신 나온다는 집

귀신이 무서워서 아무도 안 사가는 집

아빠와 엄마는 어젯밤 머리를 싸매고 밤이 새도록 무슨 이야기를 나누었습니다.

"우리, 오늘은 빈민촌으로 가 봅시다."

"좋으실 대로 하세요."

그리고 다음 날 아침 아빠와 엄마는 집을 나섰습니다.

상진이는 여섯 살이고 동생 상우는 세 살입니다. 엄마는 동생을 업고 아빠는 상진이 손을 잡고 정거장에서 버스를 탔습니다. 상진이 궁금하여 물었습니다.

"엄마, 어디 가는 거야?"

"가 보면 알아. 넌 설명해 주어도 몰라."

엄마 아빠는 버스 종점에서 내렸습니다. 온 동네가 너절한 천막집이 다닥다닥 붙어 있고 어쩌다 띄엄띄엄 기와집이 보일 뿐 온통 회색빛으로 우중충했습니다.

아빠가 부동산 간판이 있는 집으로 갔습니다. 부동산 사무실은 문이 반쯤 열려 있었습니다. 사무실에는 책상이 하나 있고 낡은 소파에 할아버지 한 분이 눈을 감고 비스듬히 기대어 있었습니다.

"실례합니다. 말씀 좀 여쭙겠습니다."

깜박 졸던 할아버지가 눈을 번쩍 뜨고 말했습니다.

"어서 오십시오, 손님네들."

"주무시는데 죄송합니다."

"아니올시다. 자는 게 아니라 눈을 좀 감고 있었습니다. 그런데 무슨 일로?"

"어디 허름하고 넓고 싼 집이 있을까요?"

"허름하고 넓고 싼 집이라……."

할아버지는 아빠를 슬쩍 훑어보다가 엄마를 향해 우물우물하는 소리로 말했습니다.

"그런 집이 하나 있기는 한데 손님들하고는 안 어울릴 것 같아서……."

"그렇습니까? 어디입니까?"

할아버지는 꾸물거리고 대답을 선뜻 하지 못하고 머리를 긁적거렸습니다.

"댁들하고는 안, 안 어울리는데……."

"뭐가 안 어울립니까?"

"꼭 그런 집이 하나 있기는 한데 영……."

"무엇이 안 맞는다는 말씀인가요? 너무 비싸면 할 수 없지만요."

"비싼 게 아니라 그게……."

"값만 맞으면 됩니다. 어떤 집입니까?"

"댁들처럼 곱게 생긴 사람들을 그 집에 소개하고 싶지 않아서……."

"어떤 집인지 말씀해 주시지요."

"소개해 주어도 후회하지 않으신다면……."

"우리한테 맞는 집이면 후회나 원망은 하지 않겠습니다."

"허름하고 넓고 싼 집을 구한다고 하신 건 맞지요?"

엄마가 끼어들었습니다.

"네. 맞아요. 얼마나 넓은 집인데 그러세요?"

"대지가 오백 평에 이층 건물인데……."

"그렇게 큰 집이면 우리한테는 어렵겠습니다."

"어려울 것도 없을 것 같소이다만……."

아빠가 문을 열고 동네를 둘러보며 말했습니다.

"어디쯤에 있습니까?"

"저 동네 가운데 우뚝 솟은 집이 하나 보이시지요?"

"네, 저 집입니까?"

"그 집이 맞는데……."

"그런데 왜 말씀을 다하지 않으십니까?"

"안 하는 게 아니라 못하는 거지요."

"얼마나 비싼 집이기에 그러십니까?"

"값이야, 뭐 부르는 게 값이지요."

"이상하십니다. 그럼 제가 아주 싸게 불러도 살 수 있다는 말씀인가
요?"

"너무 싸게 불러도 안 되겠지만……."

"제가 알아듣기 쉽게 말씀해주세요."

"그런데, 그게……. 거시기 해서."

"거시기한 게 뭔데요? 근저당이라도 되어 있나요?"

"그런 것도 아니고……."

귀신이 사는 집

할아버지는 또 우물쭈물하다가 입을 열었습니다.

"그 집이 싸고 크고 넓기는 한데……."

"그런데 뭡니까?"

"내가 하는 소리 듣고 놀라지는 마시오!"

"무슨 말씀을 하시려고 이러십니까?"

"그 집은 귀신이 사는 집이라고 소문이 나서……."

"귀신이요?"

아빠가 놀란 듯 묻는 소리에 상진이도 겁이 덜컥 났습니다. 귀신이 사는 집이 있다니! 그런 말은 처음 들어보는 말이지만 무서운 생각이 들었습니다. 그런데 할아버지는 더 무서운 소리를 했습니다.

"흉가지요. 밤 열두 시가 되면 귀신이 나온다고 하기도 하고 또, 또……."

"또 더 무서운 것은 없습니까?"

아빠가 무섭지도 않은지 재미있다는 듯 할아버지한테 물었습니다. 상진이는 엄마 얼굴을 살폈습니다. 그런데 엄마도 아무 걱정도 되지 않는 듯 배시시 웃고 있지 않습니까. 상진이 무슨 말인가 하고 싶다고 생각하는데 할아버지가 하던 말을 마쳤습니다.

"그래서 그런지 그 집에 들어가는 사람은 죽어 나오지 않으면 망해서 나옵니다."

엄마가 할아버지 말에 대들듯 단호히 말했습니다.

"귀신이 산다고요?"

"예, 그래서 그 집은 수년 전부터 사려는 사람도 없고 주인도 오지 않습니다. 흉가로 소문이 나면 다 그렇지요."

"그 집은 얼마나 갑니까?"

"전세로는 삼천이고 팔자고 내놓은 금액은 1억쯤 됩니다."

"이 근처의 시세는 어떻습니까?"

"다른 집은 저 정도면 삼억도 더 받지요."

"일억이면 살 수 있다고요?"

"사정에 따라서는 약간 감할 수도 있습니다."

상진이는 겁먹은 얼굴인데 아빠는 기쁜 얼굴이 되어 말했습니다.

"우리가 살 테니 흥정을 잘해 보시지요."

"정말이시오?"

"정말입니다."

"내가 이말 저말 다 해 드렸는데도요?"

"압니다. 귀신이 사는 집이라고 하시지 않았습니까?"

할아버지는 신기하다는 듯 아빠를 바라보셨습니다.

"무섭지도 않으시오?"

"무엇이 무섭습니까?"

"생김새하고는 딴판이시구려."

"제가 어때서요?"

"곱상하니 예쁜 얼굴이시라 겁이 많을 것 같은데……."

"얼굴 보고 속사람을 알 수 있습니까."

"정말 그 집을 사 들어가도 후회하지 않을 자신이 있으시오?"

"예, 자신 있습니다."

"저 집은 비어 둔 지가 삼 년이 넘었습니다. 사람이 살자면 손질을 많이 해야 할 텐데……."

"청소하고 정리하면 되지 않습니까?"

할아버지는 아무래도 못 믿겠다는 듯 고개를 가로 저었습니다.

"신기한 일이야. 저런 집을 사겠다니, 귀신이 산다는 데도……. 정말입니까?"

"염려 마세요. 귀신이 얼마나 무서운 놈인지 내가 이기면 같이 살던지 죽여서 내쫓으면 될 것 아닙니까."

"생김새보다 장담하는 얼굴이 다른 사람들하고는 다르시오. 흥정한번 잘해 보지요."

할아버지는 어디론간 전화를 했습니다. 그리고 환하게 웃으며 말했습니다.

"팔천에도 누가 빨리 사기만 하면 내놓겠답니다."

"그렇게 하시지요. 언제까지 살 수가 있습니까?"

"낼도 좋고 오늘도 좋답니다."

"그럼 계약을 하자고 하시지요."

할아버지는 아무래도 마음이 안 놓여서 걱정스럽게 말했습니다.

"그 집은 아무도 들어가기 싫어하는 집인데……."

"집 주인은 따로 있는 법입니다."

"다들 그렇게 큰소리 치고 들어가서 망하던지 죽……."

"염려 마십시오."

상진이는 겁이 났지만 아빠가 큰소리로 힘 있게 말하는 것을 보면서 생각했습니다.

'우리 아빠는 무슨 일이든지 잘해냈어. 저 집을 사면 우리는 좋은 일이 있을 거야.'

그래서 상진이 입을 열었습니다.

"아빠! 나도 귀신이 있으면 싸울게요."

아빠는 아주 기쁜 얼굴로 아들을 대견하다는 듯 바라보았습니다. 부동산 할아버지는 상진이를 기특하다고 생각하면서도 걱정이 마음 바닥에 바위처럼 내려앉았습니다.

'저 귀여운 아이까지 다치면…….'

귀신(貴神)을 모신 집

귀신이 산다는 집을 산 상진이네는 꽃이 피기 시작하는 봄날 이사를 하였습니다. 아빠는 싸고 넓은 집이라고 좋아하셨습니다. 이삿짐을 들여놓고 아래층과 위층을 돌아보았습니다. 아래층은 넓은 홀로 되어 있고 위층은 방이 네 개나 있고 부엌도 잘 꾸며져 있었습니다. 그러나 먼지가 덕지덕지 쌓여 있고 컴컴한 구석 창고에는 쥐들이 들끓고 아래층 귀퉁이에는 동네 고양이들이 둥지를 틀고 있었습니다.

쥐하고 고양이가 같이 사는 것이 참 이상했지만 아래층에서 위층까지는 문을 단단히 잠가 놓아서 고양이는 이층으로 올라갈 수가 없고 쥐들은 좁은 구멍으로 들락거리며 이층 주인 노릇을 하고 살았습니다.

엄마는 이층 청소를 하고 아빠는 아래층 청소를 했습니다. 상진이는 마당에 돋은 풀을 뽑았습니다. 하루 종일 일을 하고 저녁이 되었습니다. 오래도록 불을 켜지 않던 방마다 불이 환하게 밝혀지고 아래층에도 전기 시설을 다시 하여 새 집처럼 밝았습니다.

아빠와 엄마는 1층 방 한가운데에 상을 놓고 상진이와 동생을 나란히 앉히고 둘러앉았습니다. 엄마는 성경책을 상 위에 겸손히 펼쳐 놓고 아빠는 찬송가책을 펼쳐 들고 찬송가를 불렀습니다.

언제나 하는 것처럼 가정예배를 드리는 것입니다. 오늘은 특히 찬송가를 여러 곡을 부르고 나서 아빠가 무릎을 꿇고 기도를 했습니다. 아빠는 감사기도를 열심히 하였고 엄마는 아빠 기도가 끝나자 하나님한테 악한 마귀 귀신이 물러가게 해 달라는 기도를 열심히 했습니다. 가정 예배가 끝나자 아빠가 상진이한테 말했습니다.

"이 집은 이제 우리 집이고 하나님의 집이다. 하나님의 집에 귀신이 살 수 있겠니? 그렇지? 귀신은 이제 물러가고 하나님이 우리와 함께하는 교회가 될 거야. 세상에서는 이 집이 귀신이 사는 집이라고 하지만 하나님의 자녀인 우리는 아무것도 무서울 것도 없고 피할 것도 없다. 이 집은 하나님의 성령이 함께하는 집이다. 너도 믿지?"

"네, 아빠 말씀을 믿어요."

아빠는 엄마한테 눈길을 돌렸습니다.

"이 집은 이제부터 귀신(鬼神)이 사는 집이 아니라 귀신(貴神:귀한 성신 하나님)을 모신 집으로 부릅시다. 어때요?"

"그렇게 해요. 좋겠어요. 성령의 집이라는 뜻이니 얼마나 좋아요. 남들이 뭐라고 할는지는 모르지만요."

"이제 이 아래층은 예배실로 꾸미고 이층 방 두 개는 주일학교로 만들어 어린이들이 하나님을 찬양하는 예배실로 만듭시다."

다음 날 아빠는 사람들을 불러다 이층 옥상에 십자가 탑을 세우고 십자가를 높이 달았습니다. 그리고 십자가에는 빨간 불을 켰습니다. 며칠 사이에 귀신이 산다는 이층 양옥은 번듯한 교회가 되었습니다. 동네 사람들이 지나가면서 고개를 갸웃거리며 한 마디씩 했습니다.

"허허, 별일이여, 귀신 사는 집이 교회가 되었나 봐."

"밤마다 귀신이 나와서 지랄을 한다는데 저 사람들은 무섭지도 않은가."

"흉가가 교회가 되다니 이건 뭔가 잘못 된 거 아닌가."

"교회 다니는 사람은 귀신도 무섭지 않다고 하던데 그 말이 정말 아닌가."

"두고 볼 일이여. 저 집에 들어가 얼마나 견디고 죽어 나가는지 두고 보자고."

"새로 사서 든 사람이 목사라면서?"

"목사란다고 귀신이 무서워할까?"

별별 소리가 다 동네 사람들 입에서 나오고 심지어는 구경을 와서 힐끗 보고 가는 사람도 있었습니다. 부동산 집 할아버지가 와서 집을 둘러보더니 한 마디 했습니다.

"주인이 따로 있다더니 이 집이 주인을 제대로 만난 것 같소. 그런데 이런 빈민촌에서 교회가 제대로 될까?"

엄마가 물었습니다.

"왜 그러세요? 이 동네에 교회가 없잖아요?"

"교회가 왜 안 들어오는지 모르시오?"

"왜요?"

"원채 가난한 사람들만 사는 동네라……. 누가 교회를 나올 것이며 나온들 헌금이 몇 푼이나 나오겠소. 다 계산해 보고 교회를 안 세우는 게 아니겠소?"

"교회는 바로 이런 곳에 세워져야 하는 거예요. 가난하고 병들고 어려운 사람들에게 하나님의 사랑이 필요한 거예요. 그런 사람들이 하나님의 품으로 돌아와 위로받고 하나님을 믿는 중에 소망이 생기고 기적이 일어나는 거예요."

"말은 그럴듯하지만 세상 일이 어디 마음 같겠소?"

"두고 보세요. 이곳에 기적이 일어날 거예요."

"그렇게만 된다면 나도 예수 한번 믿어 주리다."

"그러세요. 지금 하신 말씀 꼭 지키셔야 합니다."

부동산 할아버지는 아무래도 믿을 수 없다는 듯 고개를 절레절레 흔들며 돌아갔습니다. 부동산 할아버지가 돌아가고 나자 차림새가 후줄근해 보이는 사람이 들어와 아빠를 만났습니다.

땅을 보고 온 사람

그 사람이 아빠한테 물었습니다.

"아저씨, 여기 새로 이사 오셨나요?"

"예."

"저 뒤에 있는 빈터에 무얼 심으실 건가요?"

"글쎄요."

"저 빈터에 제가 무얼 좀 심어 먹게 해 주실 수 있나요?"

"무얼 하시게요?"

"만약 그렇게 해 주신다면 제가 이 집안 청소며 잔일을 다 거들어 드리겠습니다."

"그러시지요. 그런데 교회는 다녀 보셨나요?"

"교회요? 교회야 팔자 좋은 사람들이나 다니는 곳이지 저 같은 사람이 다닐 곳이 아니지요."

"댁은 무얼 하시나요?"

"막노동을 하고 살지요. 저는 저 위에 새둥지 같은 판잣집에 삽니다. 아저씨는 무얼 하는 분인가요?"

"목사입니다."

"목사라면서 왜 이런 거지 동네까지 오셨습니까? 더구나 아무도 안 사가는 귀신이 사는 집을 어떻게 사셨습니까?"

"하나님이 준비하여 두셨다가 저한테 맡기신 것입니다."

"하나님이 어디 계신데요?"

"하나님은 하나님을 믿는 사람 가슴속에 계십니다."

"그럼 저 같은 사람 속에는 하나님이 안 계신건가요?"

"그렇지요. 하나님을 받아들이지 않으셨으니 속에는 하나님이 안 계신 것입니다. 그렇지만 세상을 지으시고 돌보시는 하나님은 믿지 않는 사람이나 믿는 사람이나 다 돌보아 주십니다."

"저는 지금까지 한 번도 하나님의 도움을 받아본 적이 없어서 이 모양으로 삽니다."

"하나님은 모든 사람에게 물을 주고, 공기를 주어 숨도 쉬게 하여 주고 햇빛을 주시어 살게도 하십니다. 모두가 하나님의 은혜입니다. 사람이 같은 물을 가지고 어떤 사람은 약을 만들고 어떤 사람은 독을 만들기도 하고 같은 햇빛을 가지고 전기를 일으키기도 하지만 어떤 사람은 아무것도 만들지 못합니다. 그렇듯이 하나님이 주신 것을 어떻게 사용하는가에 따라 사람의 사는 모양이 달라지는 것입니다."

"저는 그런 말을 다 믿을 수가 없습니다. 목사님이라고 하셨으니 이제 아저씨라고 하지 않고 목사님이라고 불러도 되겠지요? 저 빈터나 저한테 빌려 주시지요."

"좋습니다. 약속대로 그렇게 하십시오."

"감사합니다. 저는 저기서 농사를 짓고 집 둘레 청소며 잔일을 맡아서 해드리겠습니다."

"그러십시오."

그 사람이 나가고 나서 이웃 사람들이 들여다보고 무슨 소린지 하고는 깔깔거리고 돌아갔습니다. 동네 무당도 와서 들여다보고 가면서 중얼거렸습니다.

"흥, 굿도 안 하고 이사를 와서 제 맘대로 집을 고쳐? 저건 또 뭐야? 예배당이라고? 얼마나 가고 초상이 나는지 두고 보라지."

사람들은 지나가면서도 손가락질을 하고 무슨 소린지 지껄이고 비웃는 얼굴을 지었습니다. 다음 날 어제 왔던 막노동꾼이라는 사람이 손수레에 농기구를 싣고 와서 아빠를 찾았습니다.

"목사님, 오늘부터 저기 있는 빈터를 일구러 왔습니다."

그 사람은 가족까지 데리고 왔습니다. 부인과 열 살쯤 보이는 여자애와 그 남동생이 조르르 뒤를 따랐습니다. 아빠가 내다보고 대답했습니다.

"어서 오세요. 온 가족이 다 오셨나 보군요?"

"네, 이 사람은 저의 아내이고, 이 아이는 큰딸 가희, 아들은 가남이입니다."

"이 농기구는 언제 구하셨습니까?"

"저는 원래 농사꾼인데 서울로 와서 이 꼴로 산답니다. 제 이름은 남인수라고 합니다."

그리고 가족들에게 "목사님께 인사 드려라." 하였습니다.

"정말 저 빈터를 밭으로 일굴 수 있겠습니까?"

"맡겨만 주시면 자신 있습니다."

"그러시지요. 가서 일하십시오. 그러시면 오늘 점심은 저희가 준비하겠습니다."

상진이는 제 또래 여자 아이를 보는 순간 이상한 생각이 들었습니다.

'많이 본 아이 같은데 어디서 보았을까?'

여자 애는 키가 크고 살결이 곱고 예뻤습니다. 남인수라는 아저씨는 앞장서서 빈터로 갔습니다. 그 뒤를 가족들이 따랐고 상진이도 따라가 보았습니다. 아저씨는 삽으로 땅을 깊이 파내며 말했습니다.

"내가 서울 와서 흙을 파 본 일이 없는데 땅을 파보니 이제 살맛이 난다. 농사꾼은 땅하고 살아야 하는 건데 내가 잘못 살아서 이 지경이야. 이제 이 땅은 내가 가꾼다."

남씨 아저씨는 신이 나서 여기저기 땅을 파고 골랐습니다. 가족들도 높은 땅을 파내어 낮은 곳으로 흙을 밀어냈습니다. 한 참 뒤에 아빠도 와서 들여다보다가 괭이로 땅을 파면서 말했습니다.

"이 세상에 땅만큼 정직한 것은 없다. 땅은 사람이 공 들이고 맡긴 대로 보답한다. 콩 한 알을 심고 정성을 들이면 땅은 그 열 배가 넘는 콩을 내놓는다. 그러나 심어만 놓고 가꾸지 않으면 아무것도 내놓지 않는다. 농부가 땀을 많이 흘리면 땅은 그만큼 땀 값을 돌려주는 법이다."

듣고 있던 남씨 아저씨가 활짝 웃으며 말했습니다.

"목사님이 어떻게 그런 것까지 아십니까? 목사님도 벌써 농부가 다 되셨나 봅니다. 하하하."

"그건 땅에 대한 믿음이지요. 그 믿음은 진리입니다."

"목사님 저는 어려운 말로 하시면 못 알아듣습니다."

늦잠 깨우는 차임벨

상진이네가 이사 온 지 일주일이 지났습니다. 아빠는 십자가 탑에다 마이크 장치를 해놓고 주일날 해가 뜨기 전에 노래를 방송했습니다. 노래는 어린이가 잘 부르는 동요와 유명한 새마을 노래입니다.

아침 해가 떴습니다 / 자리에서 일어나서 / 제일 먼저 이를 닦자 윗니 아래 이 닦자/ 세수할 때는 깨끗이 / 이쪽저쪽 목 닦고……

이런 노래가 끝나면 새마을 노래가 나옵니다.

새벽종이 울렸네 / 새 아침이 밝았네 / 너도 나도 일어나 새마을을 가꾸세 / 살기 좋은 새 나라 / 우리 손으로 가꾸세.

그리고 이어서

잘살아 보세 / 잘 살아 보세/ 우리도 한번 잘 살아보세

하는 노래가 나왔습니다.

상진이 자리에서 일어나 부스스한 얼굴로 항의하듯 말했습니다.

"아빠, 이게 뭐예요? 장난하는 것 같지 않아요?"

"장난이라니 너 그렇게밖에 생각을 못하겠니?"

"아이들 노래는 다 아는 거 아니에요? 그리고……."

"아이들이 알기만 하면 뭘 해? 행동으로 옮겨야지. 너도 빨리 일어나서 세수하고 이 닦아라. 우리도 한번 잘 살아 보자. 알겠니?"

이때 엄마가 말했습니다.

"무얼 그렇게 하시나 했더니! 동네 사람들이 시끄럽다고 하지 않을까요?"

"매일 아침 방송하려다가 주일 아침에만 하기로 했소. 이 노래 가사가 얼마나 좋소. 바로 이 동네 사람이 들어야 할 노래예요."

"그렇지만 교회 종소리도 시끄럽다고 나라에서 못 치게 하는데 동네 사람들이 가만히 있을까요?"

"가만히 있지 않으면?"

"동사무소에서 하지 말라고 하면 어떡하실래요?"

"그 사람들이 와서 뭐라고 하면 할 말이 많소. 이 동네 사람이 꼭 들어야 할 소리가 노래로 되어 있어서 하는 것이라고 말이오. 내가 찬송가를 틀어대는 것도 아닌데 누가 뭐라고 하겠소. 아이들은 빨리 일어나 세수하고 어른들은 빨리 일터로 나가 잘 살아 보자는데 이보다 더 좋은 소리가 어디 있소."

"당신은 항상 엉뚱한 데가 있어서 못 말려요."

이렇게 날이 밝고 주일 아침 예배를 드리려고 하는데 남씨네 가족이 연장을 들고 왔습니다. 아빠가 맞으며 말했습니다.

"어서 오세요. 오늘은 우리 식구와 함께 하나님께 예배드리고 하루 쉬십시오."

남씨가 대답했습니다.

"목사님, 우리는 예배드릴 줄 모릅니다."

"모르시면 배우면 됩니다. 들어와 우리 가족이 하는 대로 따라 하시면 됩니다."

"우리는 예배 안 드려도 되는데……."

이때 부인, 가희 엄마가 끼어들었습니다.

"예배는 배우면서 해도 된다니 따라서 해 봐요."

남씨 아저씨는 아주 마뜩찮은 얼굴로 대답했습니다.

"임자가 그렇게 말하면 할 수 없지. 목사님이 하라고 하시는 대로 따라 할 수밖에."

이렇게 하여 아래층에는 갑자기 여덟 명이 둘러앉았습니다. 그런데 누가 밖에서 기웃거리며 물었습니다.

"이 보시오이. 여기가 교회 맞다요?"

엄마가 일어나 문을 열고 대답했습니다.

"어서 오세요. 교회 맞습니다. 지금 예배를 시작하려고 하는 중입니다."

"맞구만. 십자가가 덜렁 붙어 있어서 와 봤지라우."

할머니가 들어오면서 아빠한테 인사를 했습니다.

"내가 전에는 교회를 댕겼는디 이 동네 오니께 교회가 너무 멀어서 못 댕겼으라오."

이렇게 하여 아홉 사람이 예배를 드리니 정말 교회가 된 듯했습니다. 예배를 마치고 할머니와 남씨네 가족과 상진이네 가족이 점심식사도 하고 하루를 즐겁게 보냈습니다.

할머니는 찬송가도 잘 부를 줄 모르지만 무릎을 꿇고 기도는 열심히 했습니다. 그리고 돌아가면서 말했습니다.

"담 공일날도 예배 볼 거지유? 나 혼자 오기도 거시기하니께 옆집 늙은이들 다 뎁고 올라오. 괜찮지라오?"

"예, 많이 모시고 오십시오."

아빠의 대답에 할머니는 신이 나는 듯 돌아갔습니다. 그리고 또 한 주일이 지나는 동안 남씨네 가족이 날마다 일한 보람이 있어서 빈터가 넓고 편편한 밭이 되었고 집 둘레에는 화단까지 만들어졌습니다. 남씨는 밭에다 여기 저기 골을 파고 별별 것을 다 심었습니다. 그리고 집 둘레에 만든 꽃밭에는 꽃씨도 심고 어디서 났는지 작은 꽃나무도 캐다가 보기 좋게 심었습니다.

귀신이 산다는 집이 어느새 환하게 가꾸어지고 말끔한 마당에는 동네 아이들이 들어와 뛰놀기 시작했습니다. 이렇게 변하자 동네에서 가장 영험한 척하고 주름잡고 사는 무당이 화가 났습니다.

날뛰는 무당

또 일주일이 지나고 주일이 왔습니다. 아빠 목사는 또 마이크를 틀고 노래를 방송했습니다. 조용한 마을에 새벽부터 확성기 소리가 왕왕 퍼지자 온 동네가 불난 개미집처럼 웅성거렸습니다.

"에이. 시끄러워 잠을 잘 수가 없잖아!"

"이게 무슨 소리여? 귀신 나오는 집에서 이제 귀신 대신 노래가 나오네, 허허허 말세여 말세."

"여보 마누라, 저 집에 가서 조용히 좀 하라고 해. 늦잠이 다 달아났잖아!"

"얘들아, 일어나라. 저 노래 소리 들어 보아라. 일찍 일어나서 세수하고 이 닦으란다. 새마을 노래도 들어보니 옛날 생각이 나고 그립구나. 가난하던 그때 저 노래가 얼마나 간절한 외침이었는지……."

집집마다 오가는 말이 다 달랐지만 한 가지 같은 점이 있었습니다. 늦잠 자던 사람들이 다 일어났다는 것입니다. 아침 예배 시간이 되자 남씨 아저씨 가족이 오고, 할머니가 마을 노인들을 열두 명이나 모시고 왔습니다.

"목사님, 내가 약속한 대로 동네 늙은이들 다 몰고 왔응게 설교 잘 혀서 몽땅 예수쟁이 만들어 보랑게요."

할머니들이 주저주저하면서 들어와 둥그렇게 앉았습니다. 아빠는 설교를 시작했습니다. 상진이 아빠는 설교를 할 때마다 아주 힘찬 소리로 합니다. 가정예배를 드릴 때도 백 명도 넘는 사람들이 모인 것처럼 큰소리로 설교를 했습니다. 그럴 때마다 엄마가 작은 소리로 하라고 해도 아빠는 더 큰 소리로 하면서 말했습니다.

"내가 하는 설교는 우리 가족만 들으라고 하는 것이 아니오. 예배를 드릴 때는 우리 주변에 많은 천사들이 모여서 귀를 기울이고 마귀들도 긴장하여 모인단 말이오. 천사들은 내가 힘차게 하는 설교를 들으면 나가서 성도를 모셔오고 신나게 일을 하지만 설교를 시원찮게 하면 반대로 마귀들이 좋아서 춤을 춘단 말이오. 그러면 천사들은 나한테 고개를 돌린다오. 목사가 하는 설교는 바로 하나님의 말씀을 사람과 마귀와 천사들에게 하는 것이라는 걸 아시지 않소?"

이렇게 당당하고 활달한 아빠는 귀 먹은 노인들도 알아들을 만큼 큰소리로 설교를 쉽게 하여 노인들이 모두 좋아하게 만들었습니다. 한 노인이 설교를 듣고 말했습니다.

"얼굴은 곱상하게 생긴 목사님이 목소리는 우찌 그리 크고 당찬기요?"

"목사님 하시는 말씀이 귀에 쏙쏙 박혀서 내 가슴으로 쭈르르 내려 갔습니다."

예배가 끝나자 노인들이 한 마디씩 하였습니다. 교회에는 잔치가 벌어지고 상진 엄마와 가희 엄마는 점심을 차리고 가희와 남씨는 노인들의 심부름을 하기에 바빴습니다. 아주 즐거운 하루를 보내고 노인들이 돌아가면서 한 마디씩 남겼습니다.

"이 집에 살던 귀신들이 다 달아났을 거구면."

"목사님, 담 공일에는 우리 영감도 뎁고 올랑게 받아주실기요?"

"난 우리 손자 손녀도 데리고 오겠습니다. 그래도 좋지요?"

온 동네에 교회 소문이 퍼지자 무당 집에는 무당을 신으로 모시는 사람들이 몰려들었습니다. 무당이 큰소리로 장담했습니다.

"여러 사람 들으시오. 저 목사는 앞으로 보름을 못 넘기고 그 집 토신한테 잡혀 병신이 되든지 죽을 것이오. 그것도 아니면 망하여 이 동네에서 쫓겨 나가갈 것이오. 두고 보시오."

무당집에 모인 사람들은 무당이 하는 말은 팥으로 메주를 쑨다고 해도 믿고 따르고 무슨 일이 있든지 병이 나면 굿을 해 달라, 살풀이를 해 달라는 하는 사람들이었습니다.

그 날로 동네에는 보름 안에 무당 예언대로 교회가 무너지고 목사가 죽어 나갈 것이냐 아니면 무당말이 헛소리가 될 것이냐 하고 큰 관심거리가 되었습니다.

무당은 한 술 더 떠서 교회에 갔다 온 사람들에게 당장에 그만 두

지 않으면 조상신이 노하여 집안에 큰 변고가 나든지 노인이 죽을 것이라고 했습니다. 그리고 다들 들으라는 소리로 목정을 돋우어 선언했습니다.

"내가 말한 대로 되지 않으면 내가 예수 귀신하고 싸움을 해서 예수 귀신을 이기면 저 집은 큰 화를 당할 것이오. 그러나 예수 귀신한테 내가 진다면 항복하고 나는 예수의 종이 되겠소."

무당의 굴복

날이 갈수록 교회에는 판자동네 사람들이 모여들었습니다. 할아버지들은 손자 손녀를 데리고 오고 할머니를 따라 며느리 아들들이 따라와서 두 달 사이에 아래층 교회는 자리가 모자라게 찼고 이층은 아이들 찬송가 소리로 넘쳤습니다.

빈터에는 남씨가 심어 놓은 야채가 무럭무럭 자라고 젊은 교인들은 남씨를 도와 밭에 손질을 하여 상추, 시금치, 무, 파, 마늘, 감자, 옥수수 등 교회 식구들이 먹을 양식이 거기서 쏟아져 나왔습니다.

이렇게 변화가 일어나는 동안 무당은 약속한 15일이 지나 한 달이 넘도록 교회에는 아무 일도 일어나지 않았습니다. 그러자 무당은 날마다 귀신한테 교회가 망하고 목사가 병들어 죽기를 빌었습니다. 그러나 목사님은 더욱 힘차게 설교하고 교인들이 몰려들어 교회는 크게 부흥되고 있다는 소문만 들려왔습니다.

마침내 무당한테 모여들던 사람들이 하나둘씩 교회로 가고 아무도 오지 않았습니다. 마지막까지 무당 곁을 지키던 작은 보살이 말했습니다.

"큰 보살님, 이제 그만 손을 들어야 할 것 같아요."

"손을 들어? 그게 무슨 소리여?"

"교회에는 아무 일도 일어나지 않고 우리를 따르던 사람들은 모두 교회로 몰려가고……."

"그래도 손을 들 수야 없지."

"보살님이 보름 안에 교회에 아무 일이 일어나지 않으면 예수를 믿겠다고 한 말 때문에 사람들이 모두 우리를 비웃고 있어요."

"어떤 것들이 나를 감히 비웃어?"

"차라리 그런 말이나 안 하셨으면 좋았을 텐데 그렇게 장담하고 아무 효험이 없으니 사람들이 보살님의 능력을 믿지 않게 된 거지요."

"그럴 수도 있지. 다 맞을 수야 있나."

"이러다가는 목구멍에 풀칠도 못하겠어요."

"아무려면 산 목구멍에 거미줄 칠까."

무당은 말로는 위엄을 보였지만 속은 새까맣게 타고 있었습니다. 그런 중에 곁에서 시중들던 사람이 그렇게 하는 말에 병이 나고 말았습니다. 무당이 병이 나서 자리에 누웠다고 하는 소문이 목사님 귀에까지 들어갔습니다. 목사님은 몇몇 성도들과 무당집을 심방하기로 하였습니다.

무당은 목사님이 오셨다고 하자 머리를 틀어박고 일어나려고도 하지 않았습니다. 그러나 교인들이 무당을 둘러 무릎을 꿇고 기도를 하고 목사님은 교회에서 하던 것보다 더 강하고 뜨겁게 마귀를 물리치는 설교를 했습니다.

설교를 끝내고 목사님이 무당의 등에다 손을 얹고 기도하자 죽은 듯이 머리를 박고 모로 누웠던 무당이 벌떡 일어섰습니다. 그리고 눈을 부릅뜨고 목사님을 노려보았습니다. 목사님도 눈을 크게 뜨고 무당의 눈을 들여다보면서 큰 소리로 '사탄아 물러가라!' 하고 기도했습니다. 무당의 살기등등하던 눈빛이 갑자기 기름 떨어진 등불처럼 감기더니 목사님 앞에 무릎을 꿇고 엎드려 엉엉 울면서 같은 소리만 했습니다.

"내가 죄인입니다. 내가 죄인입니다."

목사님은 무당의 손을 가만히 잡고 말했습니다.

"악령에 잡혀 고생하셨습니다. 이제 마귀는 나가고 하나님의 성령이 이 집에 오셨습니다. 앞으로 마귀의 종이 되지 마시고 하나님의 종이 되시기 바랍니다."

무당은 그 날로 집에 갖추어 놓았던 가지가지 귀신 모시는 가구와 장비를 내다 불태우고 하나님을 믿기로 작정했습니다. 이런 소문이 퍼지자 교회에는 더 많은 사람들이 몰려들었고 성도들의 기도에 응답이나 하듯이 마을에 크고 기쁜 소식이 들려와 온 동네 사람들이 춤을 추었습니다.

춤추는 사람들

부동산을 하는 할아버지가 목사님한테 달려오며 싱글벙글했습니다.

"목사님, 이 동네 경사 났습니다. 목사님께서 기도하신 대로 이 동네가 재건축되어 가난한 사람들이 모두 활개를 치고 살게 되었습니다."

"그렇습니까?"

"동네 사람들이 모두 목사님 기도로 이 동네에 복이 터졌다고 좋아들 합니다."

"다행입니다. 동네가 재개발되면 좋을 것입니다."

"들리는 말로는 지금 전세 보증금 천만 원에 사는 사람은 이사비용을 삼천만 원을 주고, 집을 가진 사람들은 가구당 1억씩을 준답니다. 이보다 더 좋은 소식이 어디 있습니까."

"그렇습니까? 다행입니다."

"천만 원에 세 들어 살던 사람이 사천만 원을 손에 쥐게 되었으니 횡재가 아닙니까."

"그렇겠습니다."

"지금 시세로는 이 동네 집 한 채 팔아 봐야 오천만 원도 못 받습니다. 그런데 배가 넘는 일억을 주고 새로 아파트를 지으면 1차로 입주할 수 있다고 하니 꿩 먹고 알 먹고 아닙니까? 하하하하 동네 경사입니다."

그리고 며칠 지나서 건설회사 대표가 교회를 찾아왔습니다. 교회 한편 마당에 집사님들이 커다란 파라솔로 꾸며 놓은 친교 테이블에서 목사님과 건설사 대표가 만났습니다.

"이 교회는 터가 넓고 동네의 중심에 있어서 다른 곳보다 높은 값으로 십억을 쳐 드리겠습니다. 어떻습니까?"

목사님은 한 마디로 거절했습니다.

"안 됩니다."

"왜 그러십니까? 적어서 그러십니까?"

"아닙니다."

"조건을 말씀하시지요."

"무조건 안 합니다."

이때 곁에서 듣고 있던 남씨 아저씨가 손가락을 접었다 폈다 하고 따져보다가 한 마디 했습니다.

"목사님, 그렇게 하시지요. 십억이면⋯⋯."

목사님은 그 동안 집사가 된 남씨 아저씨한테 물었습니다.

"이 땅을 팔면 집사님은 어디서 농사를 지으시렵니까?"

"저야 아무려면 어떻습니까?"

"빈터가 없는 곳으로 이사를 해도 따라오시겠습니까?"

"그렇게 된다면⋯⋯."

"이 기회에 집사님도 돈 많이 받고 이사하시면 되지 않습니까?"

"생각해 보겠습니다."

건설회사 사장이 어떤 요구조건도 들어 주겠다고 했지만 목사님은 단호히 말했습니다.

"돈을 아무리 많이 준다고 해도 교회 터를 다른 건물로 만들 수는 없습니다."

"목사님, 잘 생각해 보시기 바랍니다. 이 주변이 고층 아파트로 바뀌면 이 땅은⋯⋯."

"그런 걱정까지 할 필요 없습니다. 어떤 변화가 있어도 교회는 지킬 것입니다."

건축회사 대표는 담담히 돌아가고 목사님은 기도실로 갔습니다. 남씨 아저씨. 아니, 남 집사님은 텃밭으로 하던 일을 하러 가고 곁에 있던 상진이와 가희만 남았습니다. 상진이가 말했습니다.

"다행이야. 우리 아빠가 교회를 팔면 어떡하나 걱정했는데."

"돈이 많이 생긴다는데도?"

"난 여기가 좋아. 그리고……."

"……?"

가희가 새까만 눈썹을 모으고 반짝이는 눈으로 상진이를 바라보았습니다. 그리고 다음 말을 기다렸습니다. 그러나 상진이는 얼굴이 밝으래진 채 다음 말을 하지 않았습니다. 상진이는 이사를 가면 가희하고 헤어져야 하는 것이 싫었던 것입니다. 그런데 아빠가 이사를 안 가겠다고 하자 마음이 놓인 것입니다.

가희도 그랬습니다. 상진이가 좋았기 때문입니다. 둘이는 교회 빈터에서 밭일을 할 때도 즐겁게 웃으며 일을 도왔고 교회학교에서 성경 공부를 할 때도 더 열심히 했습니다. 그랬던 것은 서로가 잘 보이려고 노력했기 때문이었습니다. 상진이 말했습니다.

"밭으로 가서 아저씨 일 도와드리자."

"그래."

이때 아빠 목사님이 나오시며 물었습니다.

"너희들 뭘 하니? 나하고 어디 좀 가자."

아빠는 두 사람을 차에 태우고 시장으로 갔습니다. 그리고 미리 작성한 목록대로 물건을 사더니 동네에서 가장 높은 언덕에 있는 집으로 갔습니다. 그 집에는 아주 나이가 많은 할머니가 살고 있었습니다. 그 할머니는 맨 처음에 다른 할머니들을 많이 모시고 왔던 분입니다. 몇 주일 동안 교회에 안 나오시자 목사님이 찾아간 것입니다.

할머니는 병이 나서 누워 계셨습니다. 뼈만 앙상하게 남았는데 눈빛만은 샛별처럼 빛났습니다. 목사님이 찾아가자 눈물을 흘리며 고마워했습니다. 목사님이 상진이한테 말했습니다.

"내가 너희들을 데리고 온 것은……."

상진이 아빠 말을 막았습니다.

"알아요, 우리가 할 일이 있어서였지요?"

"알았다. 네가 알아서 해."

상진이는 누가 가르쳐 주지 않아도 아빠 맘을 잘 압니다. 오늘은 할머니를 위하여 봉사하라고 데리고 왔으니 그리 알라는 것입니다. 상진이와 가희는 할머니를 위하여 시장에서 사온 과일을 차려 드리고 부엌에서 죽도 쑤었습니다. 가희는 과일도 예쁘게 깎지만 이것저것 만지고 다듬어서 음식 만드는 모습이 우렁이 각시처럼 예뻤습니다. 그래서 상진이 이렇게 말해보고 싶었습니다.

'우렁이 각시 참 예쁘다. 내 각시 될래?'

그러나 입을 꼭 다물고 얌전히 일을 하는 가희가 눈을 흘길까봐 말을 못했습니다. 그런데 가희도 이런 생각을 하고 있었습니다.

'저렇게 착하고 지혜로운 상진이는 누구 신랑이 될까. 내 신랑이 된

다면? 그렇지만……'

떠나는 사람들

판잣집 촌에는 목사님이 타고 다니는 자가용 한 대와 쌀가게 주인이 쌀을 싣고 다니는 삼발이 오토바이가 있을 뿐입니다. 그래서 동네 사람들은 목사님 차를 부럽게 바라보고 주일에는 집사님들이 차를 깨끗하게 닦아주기도 했습니다. 목사님 차는 이 판자촌의 자존심이기도 했습니다.

재건축을 하기 위해 이사 가는 사람들한테는 건설회사에서 약속한 대로 이사비용을 주었습니다. 갑자기 동네가 어수선하여지고 이 집 저 집에서 이삿짐을 싸기 시작했습니다.

목사님은 교인들이 이사를 간다고 하면 차를 가지고 가서 짐을 싣고 이사를 시켜주었습니다. 넓은 동네가 며칠 사이에 이사를 가서 밤이면 온 동네가 캄캄해졌습니다.

며칠 전에 갔던 할머니도 아들들이 나타나 이사를 간다고 아빠한테 인사를 왔습니다. 할머니한테도 이사비용 사천만 원이 생기자 그 동안 돌아보지 않던 아들들이 나타난 것입니다. 할머니는 지팡이를 짚고 목사님께 작별 인사를 드렸습니다.

"목사님 보면 이사 안 가고픈디 우짠다요. 한동안 발길도 안 하던 자식들이 나타나 서로 자기가 모시겠다고 항게 자식 따라 가겠으라우."

"잘 되셨습니다. 어디 가시든지 하나님 잘 믿으시고 건강히 사십시오."

할머니가 눈물을 흘리며 교회를 바라보고 기도를 하고 아들을 따라 떠났습니다. 그렇게 한 사람 두 사람 이사를 가면서 어디로 가더라도 교회에는 올 것이라고 단단히 다짐하고 인사를 하고 떠났습니다. 아주 어려운 집의 짐은 아빠가 차에 싣고 이사 가는 집까지 갔다가 오셨습니다.

온 동네가 이사를 가고 나니 교회에는 남씨, 아니 남 집사님네와 상진이네만 남았습니다. 주일마다 와글와글 찬송가 소리가 온 동네에 퍼지던 교회가 갑자기 전기 나간 집처럼 조용해졌습니다.

주일 아침마다 마이크로 울려대던 새마을 노래도 그치고 교회에는 전보다 더 쓸쓸한 바람만 와서 구르다 돌아갔습니다. 어떤 일이 있어도 이사를 안 가겠다던 가희 아빠 남씨도 결국 돈을 받고 보니 이사를 안 갈 수가 없게 되었습니다. 이사 안 가겠다고 버티어 보았지만 전기가 끊어지고 수도가 끊어져서 더 이상 살 수가 없게 된 것입니다. 남 집사님이 아빠한테 기어들어가는 소리로 말했습니다.

"목사님, 저도 어쩔 수 없이 떠나야만 되겠습니다."

"그러셔야지요. 어디로 가시렵니까?"

"고향으로 갈랍니다. 이사비용으로 받은 돈을 가지고 고향에 가서 농사나 지으며 살 생각입니다."

초라한 교회

온 동네 집들이 공동묘지처럼 수그리고 엎드려 있고 사람 하나 안

다니는 골목길은 밤이면 으스스하여 나가기도 싫었습니다. 전깃불이 꺼진 마을은 지옥 같았습니다.

유일하게 교회만은 불이 켜져 있었지만 그것은 마치 산중의 외딴집 같았습니다. 한밤중에 이리저리 몸부림을 치며 곤두박질치는 바람이 비어 있는 판잣집 지붕을 들었다 놓았다 하는가 하면 골목길에서 부르짖는 고양이 소리는 바람을 타고 귀신 소리처럼 들려왔습니다. 낮에만 어쩌다 건설회사 직원들이 얼씬거릴 뿐 사람 하나 안 다니고 삭막했습니다.

한동안 돌보지 않은 빈터 밭의 야채들은 가뭄에 시들고 왕성한 잡초들만 머리를 들고 일어나 천사 떠난 자리에 몰려든 마귀의 아우성처럼 엉클어지고 어지러웠습니다. 상진이는 밤이면 무서운 생각도 들었지만 아빠는 언제나 담대하게 큰 나무처럼 집안을 받치고 가정 예배 시간에는 더욱 크고 힘차게 설교를 했습니다. 그러면 무서운 생각도 달아나고 담대한 가슴으로 잠도 잘 수 있었습니다.

주일마다 넘치던 교인들의 웃음소리와 찬송소리가 사라지고 밭을 가꾸며 땀 흘리고 봉사하던 얼굴들이 모두 지워진 그림처럼 사라진 빈터는 옛날로 돌아왔습니다. 상추와 시금치를 뽑아 씻으며 사랑을 나누던 여자 집사님들의 깔깔거리던 소리도 추억이 되었습니다. 아빠는 설교준비와 심방 대신에 신학교에서 시간강사를 하여 생활비를 마련하고 엄마는 출판사에 아르바이트를 나가셨습니다. 한 달쯤 지나자 건설회사에서 들어온 굴착기와 자동차가 날마다 웅웅거리고 쾅쾅댔습니다. 그러더니 며칠 안 되어 온 동네 집들이 사라지고 편편한 집터로 바뀌고 이어 아파트 건물이 한여름 잡초 자라듯 쑥쑥 올라갔습니다. 며칠 사이에 20층 아파트가 여기저기 들어서고 비좁던 옛길은 대로로 변했습니다.

어디서 캐어 왔는지 옮겨 심은 가로수가 숲을 이루고 길가에는 예쁜 화단이 꽃길을 이루었습니다. 가난한 사람들이 복닥복닥 살던 판자촌이 한 해도 안 되어 고급 아파트 촌이 되었습니다. 쭉쭉 빠진 아파트가 이리 저리 줄을 서서 키를 뽐내는 동네 한가운데 교회이며 상진이네 집은 아주 초라한 모습이 되었습니다.

판자촌 사람들이 우러러보던 십자가와 가장 크고 멋진 교회였던 상진이네 집은 납작하게 엎드린 판잣집 같았습니다. 키다리 아파트에는 부자들이 이사를 오고 고급 승용차가 번쩍거리며 줄을 서서 오갔습니다. 그 사이를 아빠가 몰고 가는 구형 포니는 판자촌 사람들이 부럽게 보던 차가 아니라 부자촌 사람들의 구경거리 고물이 되었습니다. 그런데 동네가 다 변해도 돌아온 사람이 있었습니다. 그분이 아침 일찍 아빠를 만나러 왔습니다.

뻥 튀기

그 사람은 처음에 아빠가 이 집으로 이사 올 때 만난 부동산 할아버지입니다.

"목사님, 아주 좋은 정보가 있어서 왔습니다. 기뻐하십시오."

"무슨 정보입니까?"

좋은 정보라는 말에 상진이도 엄마도 귀가 번쩍 띄었습니다. 부동산 할아버지가 손을 이리저리 저어가며 말했습니다.

"자, 사방을 돌아보시지요. 동서남북이 모두 울창한 숲 같지 않습니까? 아파트가 이렇게 즐비하게 들어설 줄 누가 꿈엔들 생각했겠습니까? 목사님은 역시 앞을 내다보는 분이시라는 걸 이제야 알았습니다."

"그게 무슨 말씀입니까?"

"전에 건설회사 사장이 이 땅은 다른 곳보다 두 배로 주고 사겠다고 하지 않았습니까?"

"그랬지요."

"그때 배로 준다는 십억을 받고 팔았더라면 큰 손해를 볼 뻔했습니다. 지금 이 땅이 얼마나 가는지 아십니까?"

"그걸 누가 압니까?"

"하하, 목사님! 지금 이 땅은 삼십억 원에 사겠다는 사람이 나왔습니다. 이보다 큰 경사가 어디 있습니까? 저 아파트 열 채 값입니다."

"그래서요?"

"그쪽에서 저한테 중개를 하라는 것입니다. 목사님, 이 기회에 한 몫 잡으시지요."

아빠는 얼굴을 돌렸습니다.

"돌아가시지요. 저는 안 합니다."

"적어서 그러십니까? 사십억 정도로 올려 불러 볼까요?"

"오십억도 싫습니다."

부동산 할아버지는 낙심한 소리로 말했습니다.

"하하, 이렇게 답답한 분이 세상에 어디 있나."

"그만, 가시지요."

아빠는 거절하고 기도실로 가셨습니다. 엄마가 마음이 닳은 소리로 말했습니다.

"우리 저 할아버지 말대로 합시다. 사십억 원이면 어디를 가도 이보다 넓고 좋은 땅을 살 수 있어요. 잘 생각해 보세요."

상진이도 말이 하고 싶어졌습니다.

"아빠, 예전보다 세 배나 더 준다는데도 그러세요?"

"네가 뭘 안다고 그래?"

"저도 알아요. 이 집을 팔면 그 돈으로 저 아파트 열 채를 살 수 있다고 하는데 얼마나 좋아요?"

"그래도 안 된다."

"아빠, 그렇게 하세요. 우리도 저 좋은 아파트로 이사 가요."

이때 동네에서 가장 돈을 많이 받고 이사 갔던 쌀가게 주인이 왔습니다. 아빠를 보자 허리를 푹 숙이고 인사했습니다.

"목사님, 그간 안녕하시었는기요?"

"예, 감사합니다. 이렇게 또 만나 뵙게 되어 반갑습니다."

"목사님예, 이 땅 아직도 안 파시었지예?"

"안 팝니다."

"참 잘했십니더."

"무슨 말씀인지요?"

"제가 이사 나갈 때 이억 원을 받고 나갔잖습니꺼. 지금 저 아파트

입주권을 가지고 들어올락하이 일억 원을 더 얹어 내라는 겁디더. 일억이 어디 있습니꺼. 그래서 몬 들어오게 되었습니더."

"그렇습니까?"

"이럴 줄 알았으면 안 파는긴데. 곱쟁이로 준다카여 팔았더니……."

그러다가 이런 말을 이었습니다.

"목사님은 횡재했십니더. 이 땅이 얼맨지 아십니꺼?"

"모릅니다."

"지금 이 땅은 오십억이 넘어 간다캅니더."

"그런 소문을 어디서 들었습니까?"

"이 땅을 굉장한 재벌회사가 사서 주상복합 건물을 지어 일층에서 오층까지는 백화점을 하고 그 위에는 최고급 아파트를 짓는다캅니더."

"누구 맘대로요?"

"목사님은 이자 큰 부자가 되었십니더."

"부자가 그렇게 좋습니까?"

"이 세상에서 부자된다카는 것보다 더 좋은 기 무엇입니꺼?"

"저는 부자가 부럽지 않습니다."

"내 그리 생각지 몬했는데 목사님은 알고 보이 벽이라예."

"네?"

"목사님도 사람이고 사람이니끼니 머리는 쓸 줄 알았는데……. 허허, 허허."

그 사람은 어이가 없다는 듯 돌아가면서 인사도 제대로 하지 않았습니다. 엄마는 아까보다 더 좋아했습니다.

"여보, 오십억이라는 말이 헛소문이겠어요? 이 터가 큰 백화점이 된다면 우리는 위층에 아파트를 사고⋯⋯."

아빠가 꾸짖는 얼굴로 말했습니다.

"당신 내가 잘못 보았나 보오."

"네?"

"돈이 그렇게 좋소?"

"이 세상이 온통 돈돈, 돈돈 하는 판이 아닌가요?"

"모두가 돈타령을 해도 당신만은 아닐 줄 알았는데."

"요새 제가 출판사 아르바이트 하면서 돈의 중요성을 얼마나 느꼈는지 몰라요."

"거기서 그런 것만 보았소? 하나님 책만 만드는 곳이라고 하여 나가게 두었더니 실망이오."

"신앙도 돈이 없으면⋯⋯."

"그만 하시오."

상진이가 또 가만히 있을 수가 없었습니다.

"아빠, 엄마 말이 맞아요. 요새 학교 가면 부잣집 애들하고 산동네 애들하고 얼마나 차이가 나는지 알아요?"

"나는 아무것도 모른다."

아빠는 갑자기 할아버지 말대로 커다란 벽처럼 보였습니다. 엄마가 다시 한 번 졸랐습니다.

"고집만 부리지 마시고⋯⋯."

아빠가 눈을 크게 뜨고 말했습니다.

"고집이 아니오! 우리 예배드립시다."

아빠가 앞에서 성경을 펴들고 엄마와 동생은 나란히 앉고 상진이 좀 떨어져 앉았습니다. 이때 문이 열리면서 한 사람이 들어왔습니다.

차 한 잔에 잡히면

문을 열고 들어온 사람들은 말끔한 차림에 귀티 나는 부부였습니다. 두 사람이 거의 같은 소리로 물었습니다.

"여기가 교회 맞습니까?"

아빠가 대답했습니다.

"예, 맞습니다. 지금 막 예배를 드리려는 중입니다. 들어와 앉으시지요."

두 사람은 두리번거리며 들어와 나란히 앉았습니다. 엄마가 대표기도를 하고 아빠는 전처럼 큰소리로 설교를 시작했습니다.

상진이는 낯선 사람들을 힐끔거리며 훔쳐보았습니다. 마룻바닥에 쭈그리고 앉았으니 무릎이 아픈 듯 아주머니는 다리를 폈다 오므렸다 하고 아저씨는 얼굴이 일그러져 있었습니다. 예배가 끝나고 엄마는 이층으로 차를 준비하러 올라가고 아빠는 손님과 인사를 나누었습니다.

"이렇게 오셔서 감사합니다. 우리 동네 아파트로 이사 오셨나 보지요?"

"아닙니다. 동네 구경 왔습니다."

"동네가 매우 아름답습니다. 될 수 있으면 이사를 오십시오."

아저씨가 간단히 대답했습니다.

"네."

"잠시 앉아 기다리십시오. 제가 지은 신앙 서적이 하나 있어서 드리겠습니다."

아빠는 일어서서 서재로 가시며 상진이를 불렀습니다. 상진이마저 자리를 뜨자 동생 상우만 남았습니다. 아직 어리고 착한 상우는 해맑은 눈으로 아저씨와 아주머니를 번갈아 보았습니다. 아주머니가 볼을 만져 주며 귀엽다고 하시더니 아저씨하고 이런 말을 나누었습니다.

"교회인 줄 알고 왔더니 이상하네요."

"글쎄, 십자가는 달렸는데 교인이 없잖아?"

"가정교회 같아요. 이런 교회 나와 봐야 재미없어요. 어디 다른 곳에 교회가 있는지 찾아 봐요."

"그럽시다. 가족 교회에 나와 봐야 남들한테 교회 자랑도 할 수 없고……."

"그런데 목사님은 누가 듣는다고 그렇게 큰 소리로 설교를 하는지 모르겠어요."

"사람도 없는데 정말 안 어울리는 목소리였소. 그러나 설교 내용은 좋았어."

이때 상우가 쫑알대는 소리로 말했습니다.

"아줌마, 우리 아빠가 그러셨어요. 우리 식구만 앉아서 예배를 드리는 것 같지만 예배드릴 때는요."

아줌마가 눈을 동그랗게 뜨고 물었습니다.

"누가 또 있어? 네가 무슨 말이 하고 싶은데?"

"아빠가 그러시는데요. 예배를 드릴 때는 우리 식구만 있는 게 아니고요, 이 빈자리에 천사도 와서 있고 마귀도 와서 있다고 했어요. 그래서 큰소리로 설교를 하면 천사는 좋아하고 마귀는 달아난다고 했어요."

아저씨가 신기하다는 듯 한 마디 했습니다.

"어린애로 보았더니 제법인데? 너도 아빠 설교를 알아듣니?"

"잘 몰라도 마음으로 알아요."

아주머니가 일어서면서 말했습니다.

"차 한 잔이라도 아껴드립시다. 차 한 잔에 잡히면 이런 구질구질한 데서 못 빠져나가요. 마당이며 집안 빈터며 귀신이 나올 것 같아요."

엄마가 차를 들고 내려왔을 때 두 사람은 나가자마자 차를 몰고 어디론가 가 버렸습니다. 상우가 엄마한테 말했습니다.

"엄마, 아줌마하고 아저씨가……."

이때 아빠도 책을 들고 내려왔습니다. 손님들이 안 보이자 물었습니다.

"손님들 어디로 가셨니?"

"차타고 갔어요. 그리고요……."

엄마가 물었습니다.

"그리고?"

"나가면서 차 한 잔이라도 아껴드립시다. 차 한 잔에 잡히면 이런 구질구질한 데서 못 빠져나가요. 마당이며 집안 빈터며 귀신이 나올 것 같아요 했어요."

엄마 얼굴이 새빨개졌습니다.

"뭐라고? 그리고 또 무슨 말을 했니?"

"아빠가 사람도 없는데 무슨 소리를 그렇게 크게 지르느냐고 했어요."

"그래서?"

"그래서 예배드릴 때는 사람만 있는 게 아니고 천사도 마귀도 와서 듣는 거라고 했어요."

"잘했다."

그리고 엄마는 아빠한테 말했습니다.

"거 봐요. 이렇게 궁상을 떨고 있으면 누가 알아주겠어요? 사십억이든 오십억이든 팔아 가지고 어디든 가서 번듯한 교회를 차리고 그런 소리 듣지 말아요."

"그 정도의 일로 마음이 약해져서야 되겠소? 이 땅은 하나님이 나한테 맡긴 성지요."

"성지까지나요?"

"하나님의 뜻을 사람이 어찌 알겠소."

아빠는 화도 안 나시는지 들고 왔던 책을 곱게 들고 서재로 가시고 조용했습니다. 그렇게 한 주가 지나고 또 주일 아침이 왔습니다. 아빠는 십자가 탑에 설치한 마이크에 손질을 하고 아침 해가 떴습니다와 새마을 노래를 한 차례 틀었습니다.

사방에 우뚝우뚝 솟은 아파트마다 소리가 울려 퍼지자 이상한 소리가 되어 이쪽저쪽 벽에 부딪쳐 요란하게 메아리쳤습니다.

판자촌 때도 그랬지만 부자들이 들어와 사는 아파트 사람들이 가만히 있을 리 없습니다. 노래 소리가 끝나자마자 아파트 관리인들이 몰려와 항의를 했습니다.

"이게 무슨 짓이요? 새벽부터 온 동네를 시끄럽게 하다니. 주인 나오시오."

아빠가 나갔습니다.

아빠의 가슴

"무슨 일로 이렇게 오셨습니까?"

험악하게 생긴 사람이 썩 나서며 말했습니다.

"이것도 교회요?"

"네, 교회입니다."

"무슨 교회가 찬송가는 안 부르고 애들 노래만 불러대고 있소? 이 아파트에 어린애들만 사는 줄 아시오?"

"교회에서 차임벨로 찬송가를 부르지 못하게 나라에서 막아 놓아 그렇게 하고 싶어도 못합니다."

"그래서요? 지금이 어느 땐데 새마을 노래를 부릅니까? 아파트 사람들이 60년대 가난뱅이들로 보여서 그러시오?"

"새마을 노래는 아무 때나 어디서 불러도 우리가 가슴에 새겨들을 말이 아닙니까?"

"당신이 목사요?"

"그렇습니다."

"이 집 때문에 아파트촌이 집값 떨어진다고 말이 많아요. 아파트 옥상에서 내려다보면 이 집 넓은 터가 얼마나 흉하게 보이는지 아시오? 캄캄한 지옥 같소."

"잘 알았으니 돌아가시지요."

"앞으로 또 마이크를 틀어댈 생각이시오?"

"그 문제는 두고 보시지요."

"두고 보다니! 또 틀어대겠다는 말이오?"

"……."

"그 소리 때문에 우리 경비원들이 얼마나 시달리게 될지 아시오?"

"그러실 경우는 아파트 주민을 제가 만나 뵙겠습니다."

"목사! 우리말이 말 같지 않다는 것이오?"

"잘 알았습니다. 그만 돌아가시지요. 예배 시간이 되었습니다."

그 사람은 둘러보며 물었습니다.

"누가 있어서 예배를 드린다는 거요?"

"예배는 꼭 누가 있어서 드리는 것이 아닙니다. 혼자든 둘이든 하나님 앞에 드리는 경배입니다."

"하하, 참 별꼴 다 보겠네. 교회도 아니면서 십자가를 걸어놓고 마이크로 동네를 시끄럽게 하더니 가족끼리 예배를 드린다니!"

"하나님과 저의 시간입니다. 댁들도 함께 예배를 드리시지요."

"뭐요? 예배? 하하하, 웃기는 소리하고 있어!"

그 사람은 같이 왔던 사람과 돌아가며 명령하듯 위협조로 말을 남겼습니다.

"한 번만 더 마이크를 틀어대면 알아서 하시오!"

아빠는 속이 상할 것 같은데 아무렇지도 않은 얼굴로 성경을 펴고 찬송가를 불렀습니다. 엄마는 속이 많이 상한 얼굴로 찬송가도 제대로 부르지 못했습니다. 상진이도 찬송가가 부르고 싶지 않았습니다. 그래서 속으로 이렇게 부르짖었습니다.

"아빠! 우리 이사 가요. 저 아파트 열 채를 사고 저 아저씨들한테 우리도 큰소리 치고 살아요. 이 집을 팔면 우리도 부자잖아요?"

엄마도 상진이와 같은 생각을 하면서 마음을 가라앉히며 찬송가를 불렀습니다. 이때 문이 열리면서 한 가족인 듯한 사람들이 몰려들어 왔습니다.

비밀은 말하는 거 아니야

"할렐루야!"

아빠 엄마는 아주 기쁜 얼굴로 그 가족을 맞이했습니다. 상진이도 그 사람들을 보면서 몇 해 전에 가희네 식구가 오던 날 생각이 나서 기뻤습니다. 그 가족이 들어오자 방안이 가득 찬 느낌이었습니다. 아빠는 언제나처럼 힘차게 큰 목소리로 설교를 했습니다.

아이들과 아줌마는 설교보다 교회 안이 신기하다는 듯 이리저리 돌아보고 아저씨는 설교를 들으며 고개를 끄덕였습니다. 예배가 끝나고 아빠가 아저씨한테 인사를 했습니다.

"반갑습니다. 아파트로 이사 오셨습니까?"

"네, 새 아파트라 좋아서 이사를 왔습니다."

"축하합니다."

"뭐 축하받을 일도 못 됩니다. 남들도 다 가진 집인데요 뭐. 교인은 없는 것 같은데 교회 터는 대단히 넓습니다."

"네, 하나님이 예비해 주셨습니다."

"이 근처에는 이상하게 교회가 전혀 없습니다."

"전에는 판자촌이었습니다. 그래서……."

"네, 알만합니다. 판자촌에 교회 세워 봤자 헌금 한 푼 제대로 낼 사람이 없을 테니 안 들어온 것이 맞을 것입니다."

"그렇지는 않습니다."

"요새 교회와 목사들이 얼마나 돈에 밝은지 아십니까."

"……!"

"아아, 죄송합니다. 목사님은 빼고 말입니다. 이 금싸라기 같은 자리에 굉장히 넓은 터를 가지고 계십니다. 한번 둘러보아도 괜찮겠습니까?"

"둘러보시지요."

아저씨는 아줌마하고 빈터를 둘러보러 나갔습니다. 어른들의 뒤를 상우가 자박자박 따라갔습니다. 상우를 힐끗 본 아줌마가 말했습니다.

"아이들도 귀엽게 생겼고 다 좋은데……."

"그런데 뭐 부족한 게 있소? 목사님이 설교를 시원하고 힘차게 하여 좋습디다. 내 맘에 들어요. 우리 이 교회에 나옵시다."

"그렇게 간단히 생각할 문제가 아니에요. 겨우 목사님 가족하고 우리 가족만 모인 모양이 어떻겠어요. 옥상에 십자가가 있어서 교회지 이건 교회도 아니고……."

"뭘 걱정하오?"

"교회를 지으려면 건축헌금을 내라고 할 거 아니냐고요. 우리가 이 넓은 땅에 교회를 짓는다고 건축헌금을 내라면 어쩌겠어요?"

"헌금이야 우리 사정대로 하면 되는 거 아니오?"

"요새 교회들 보세요. 교인들 집을 담보로 무리하게 건물만 크게 짓고 은행 이자 못 갚아서 경매로 나오는 교회가 한둘인 줄 아세요?"

"그 말은 맞소, 참 한심한 일이지. 교회 건물만 크게 지으면 하나님이 기뻐하고 복을 주시는 줄 아는 게 문제야."

"그게 문제가 아니에요. 목회자들이 세상 때와 겉물이 들어서 그 꼴이 되는 게 문제예요."

"그래서 당신은 이 교회를 안 나오겠다는 거요?"

"교회를 안 다니면 안 다녔지 건축헌금 내라고 할 때 못 내겠다는 것보다 낫지 않겠어요. 겨우 마련한 아파트를 담보로 은행에서 돈을 꾸자고 할 때 어떡하실래요? 틀림없이 이 넓은 터에 교회를 짓자고 할 텐데 아예 안 오는 게 좋을 거예요."

아저씨와 아줌마는 둘러보고 나서 기다리는 아이들 손을 잡고 교회 문을 나갔습니다. 아빠와 엄마는 그 가족들이 돌아오면 대접하려고 차와 아이들 좋아하는 과자를 준비해 놓았습니다. 그러나 상우 혼자 들어오자 엄마가 물었습니다.

"왜 너 혼자 오니? 아저씨는?"

"갔어."

"그냥 갔어?"

"그냥 가지 않고……."

"뭘 가지고 갔니?"

상우는 고개를 저었습니다. 엄마가 다시 물었습니다.

"상우야, 뭐야?"

"아저씨는 우리 교회에 오고 싶어 하는데 아줌마가 오지 말자고 했어."

"왜?"

상우가 야무지게 말했습니다.

"말 안 할 거야."

"무슨 일이 있었니?"

"없어."

"그런데 왜?"

"나 혼자 알고 있을 거야."

"무슨 비밀이 있니?"

"비밀이야. 비밀."

"말해 봐."

"비밀은 말하는 거 아니야. 그럼 그게 무슨 비밀이야?"

아빠가 아주 기쁜 얼굴로 말했습니다.

"상우 말이 맞다. 비밀은 남이 모를 때만 비밀인 거야. 우리 상우, 짱!"

상우는 목사 아빠가 짱 하고 추켜 주는 것이 기뻤습니다.

"아빠, 따봉!"

이때 문이 열리면서 생각지도 않은 사람이 나타났습니다.

충청도 아줌마

무당이었던 아줌마가 들어서면서 큰 소리로 인사를 했습니다.

"안녕들하셨어요? 목사님!"

엄마가 반갑게 맞았습니다.

"어서 오세요. 그 동안 어떻게 지내셨어요?"

"잘 지냈지요. 그런데 교인은 아무도 없고 목사님 가족뿐인가요?"

아빠가 대답했습니다.

"예, 그렇게 되었습니다."

"아이, 딱해라. 목사님은 여전하시네요."

"그동안 잘 지내셨지요?"

"지내기야 잘 지냈지요. 그런데 어디를 가나 무당이라는 딱지가 떨어져 나가질 않아서 걱정이여유."

"아무려면 어떻습니까. 무당 아니면 되는 것이고 이제는 하나님의 종이 되셨는데 누가 뭐라고 한들 어떻습니까. 다 이겨내십시오."

"목사님이 이렇게 말씀하시는 게 좋아서 지가 돌아온 것이 아니감유. 저는 원래 충청도에서 나서 어렸을 때 서울 와서 무당집 심부름꾼으로 있다가 무당 흉내를 냈고 충청도 고향 말 버리고 서울말을 쓰고 살았는디 이젠 가면 벗고 고향 말을 쓰기로 하것시유."

"그렇게 하시지요. 충청도 사투리가 얼마나 구수하고 좋습니까."

"그렇쥬? 충청도 말보다 짧고 정이 가는 말은 읍지요. 이 동네를 떠나 이사 가서 바로 옆에 교회가 있기에 갔지유. 그런데 이 동네서 같이 이사 갔던 그 박 무슨 집사라는 사람이 있잖유? 그 사람이 내가 무당이었다는 것을 까발려서 사람들이 나를 무당집사라고 놀리잖것시유."

"그러셨군요."

"첨에는 그런대로 들어주었는디 해가 넘도록 무당집사, 보살집사 하는 거여유."

"하하, 재미있는 이름을 붙였군요. 무당집사면 어떻고 보살집사면 어떻습니까. 겉 사람이 어떻게 생겼느냐보다 속사람이 어떠냐가 중요한 것입니다. 보살 아니면 되고 무당 아니면 되잖습니까."

"그 말씀은 맞는디요. 좋은 소리도 자꾸 들으면 싫은 법인디 교회에 다닌다는 사람한테 그렇게 부르면 듣기 좋것시유?"

"맞는 말씀입니다."

"그래서 지는 거리가 좀 멀기는 혀도 이리로 오기로 결심했지유. 다른 교회 가 보아야 목사님만큼 귀에 쏙쏙 박히는 말씀을 들려주는 목사님도 없더라구유. 내가 무당을 때려치우게 한 것도 목사님이 아니신감유? 제가 주일에는 와서 전처럼 수다 떨고 식모처럼 열심히 일해드릴 테니 내쫓지는 말아주세유. 그리고 저를 충청도 아줌마라고 불러 주세유."

"충청도 아줌마? 좋습니다. 그렇게 해주시면 고맙지요. 그러나 식모처럼 일한다고 생각지는 말아주십시오. 수다는 떨어도 좋지만……."

"고마워유, 목사님. 그런디 제가 숨길 수 없는 비밀이 하나 더 있는디유."

"뭡니까?"

"제가 오래도록 무당짓을 하다 보니께 눈치가 구단이 되어설랑……."

"무슨 말씀인가요?"

"점쟁이가 점을 칠 때 뭘 알고 치는 것보다 눈치 보고 치는 것이 많아유. 지난 일은 잘 맞추지만 장차 일은 정확하게 맞추지 못하지유. 왜냐? 지난 일은 얼굴에 다 씌어 있고 말하는 것, 행동하는 것, 들어보고 적당히 말하면 누구나 비슷하게 살아 왔기 때문에 딱 맞다고 생각하지유. 무당 짓을 하자면 심리학도 좀 혀야 하구유, 관상도 볼 줄 알아야 한댕개유."

"……?"

"관상이 참 중요혀유. 누구나 얼굴 보면 무당이 아니라도 저 사람 좋겠다 나쁘겠다 판단이 안 서는감유. 무당이라는 딱지 붙이고 밥 먹자면 그 정도는 아는 것이 기본이쥬. 그런디 가끔 좋은 일이 있을 사람이 유난스리 보일 때가 있기 때문에……."

"그렇습니까?"

"그런 것 때문에 지가 좋은 일이 있을 사람한테 장래를 점쳐 주었다가 딱 들어맞으면 저 보고 족집게 무당이라고 하였다니께유."

"그런 일도 가끔 있었습니까?"

"야, 그런디 그 짓을 안 할라고 해도 입이 근지러워 못 참겠어서 한마디 하겠어유."

"말씀하시지요."

충청도 아줌마는 아이들을 내보내라고 한 다음 이렇게 말했습니다.

기도는 가슴으로 하는 것

"오늘 목사님상을 봉게 머잖아 좋은 일을 만나실 상이여유."

"목사한테 농담하시면 하나님이 이놈! 하십니다."

엄마는 충청도 아줌마 말에 귀가 솔깃하여 바짝 다가앉으며 물었습니다.

"정말 좋은 일이 있겠어요?"

"기다려 보시유. 내 말이 맞을탱게."

아빠가 말했습니다.

"그런 말 하시면 어딜 가서도 무당집사, 보살집사라는 말 못 떼어 버리십니다."

"목사님께서 저를 보고 보살집사라고 하셔도 좋고 무당집사라고 해도 저는 도망가지 않을 것이구먼유."

아빠는 가볍게 웃으며 넘기려고 했지만 엄마는 달랐습니다. 아줌마한테 진지하게 물었습니다.

"정말 무슨 일이 있을 것 같아요?"

"야, 하나님이 귀인을 보내주실 거구먼유."

"정말요?"

"그만 말씀하세유. 무당 소리 더 듣고 싶지 않응게."

"그런 일이 있으면 얼마나 좋겠어요."

"사모님, 오늘은 이만 가 볼 게유. 청양 사시는 친정 시아버님 환갑이 낼이라 오늘 가서 한 두어 달 있다 올 작정이유. 제가 돌아오면 할 일이나 많이 만들어 두세유."

"고마워요. 이렇게 찾아주신 것만도 고마운데 무슨 일을 더 시키겠어요."

충청도 아줌마가 돌아가고 나서 엄마가 아빠한테 말했습니다.

"저 분 말씀대로 그런 일이 있으면 얼마나 좋겠어요."

"무당 버릇은 못 고치는군. 그러니 무당집사, 보살집사라는 말을 못 벗는 거 아니오?"

"그분 말씀도 일리가 있었어요. 무당이 눈치로 점쳐먹고 사는 거 아닌가요?"

"쓸데없는 소리 그만 합시다."

"그 말은 안 들은 것보다 기분 좋아요. 귀인이 오신다니 누가 오신다는 걸까?"

"하나님을 의지하는 것이 믿음이오. 괜한 생각 말고 기도나 열심히 하시오."

"알았어요. 귀인이나 빨리 보내 달라고 기도하겠어요."

"점쟁이 말 듣고 그대로 이루어달라고 하나님께 기도를 하겠단 말이오?"

"하나님도 때로는 사람을 통하여 하나님의 계시를 보여주셨잖아요. 저분은 이제 무당이 아니에요. 하나님의 종이라고 스스로 말했고 우리도 그렇게 인정했잖아요?"

"허허……."

"당신은 뭘 믿고 이 비싼 땅을 들여다보고만 있어요? 오십억이면 어디를 가도 덩그런 교회를 세우고 살 집도 마련할 수 있는데."

"아파트가 아무리 크게 잘 지어 있고 부자가 모여 살아도 교회가 없는 동네는 등불 없는 암흑이오."

"오히려 우리 집이 아파트촌에 등불 끄고 사는 집 같다는 소리 못 들어 보셨나요?"

"다 모르는 소리요. 하나님을 모시고 십자가를 올리고 있는 한 우리는 사명을 다하고 있는 것이오."

또 한 주일이 가고 목사님이신 아빠가 성경을 펴들고 가족 앞에 섰습니다.

"하나님 앞에 경건히 예배드립시다. 오늘 대표기도는 상진이가 하거라."

상진이가 눈을 동그랗게 떴습니다.

"제가요?"

"그래."

"전, 못 해요."

"기도는 말만 잘해서 되는 게 아니야. 하나님께 진심으로 드리고 싶은 말을 가슴으로 하면 되는 것이다."

엄마도 말했습니다.

"그래, 이제 너도 하나님한테 하고 싶은 말을 할 수 있는 나이가 되었어. 잘하려고 하지 말고 짧아도 좋아. 가슴으로 드리고 싶은 말을 기도하거라."

"알았어요."

상진이가 무릎을 꿇고 앉을 때 문이 열리면서 허름한 차림의 노인이 들어왔습니다. 교회 사정도 모르는 동냥 할아버지들은 아무 때나 와서 손을 내밀었습니다.

하나님 할아버지 아시지요?

동냥하러 온 줄로 오해하고 엄마가 말했습니다.

"우리는 예배시간입니다. 다음에 오세요."

그 노인은 들은 체도 않고 상진이 곁으로 가까이 다가와 앉으며 말했습니다.

"나도 예배드리러 왔습니다."

아빠가 미안해하면서 사과했습니다.

"죄송합니다. 그러신 줄도 모르고……."

"괜찮습니다. 거지가 오는데 누가 반가워하겠습니까. 비록 이런 신세지만 저도 하나님은 믿습니다."

"감사합니다. 그럼 함께 예배를 드리시지요."

분위기가 깨지자 아빠가 찬송가를 불렀습니다.

〈내 주를 가까이 하게함은

십자가 짐 같은 고생이나…… 〉

상진이가 들고 있는 찬송가책을 함께 보면서 노인은 생각보다 힘차게 찬송을 했습니다. 그런데 상진이는 코를 막고 고개를 돌렸습니다.

그러나 아빠는 상진이한테 기도를 하라고 하시고 머리를 숙였습니다. 상진이 어쩔 수 없이 무릎을 꿇고 엎드려 기도를 했습니다.

"하나님 할아버지, 안녕하세요? 저는 김상진이입니다. 하나님한테 할 말은 너무너무 많은데 말이 잘 안 나옵니다. 하나님 할아버지, 우리는 이 집을 팔아가지고 이사를 갔으면 좋겠습니다. 그런데 아빠가 반대합니다. 아빠 마음을 돌려주세요. 그리고 오늘 하나님 앞에 예배 드리러 오신 불쌍한 할아버지도 하나님 할아버지가 도와드리세요. 너무 오래도록 옷을 갈아입지 못한 것 같아요. 하나님 할아버지도 이 냄새를 맡고 계시지요? 이 할아버지를 도와주세요. 더 부탁하고 싶은 말은 다음 기도할 때 하겠습니다. 아멘."

상진이가 기도를 하고 나자 아빠가 어이가 없다는 듯 한참 동안 말을 못했습니다. 그리고 할아버지한테 허리를 숙이며 사과했습니다.

"제 아이가 어리다 보니 철없는 소리를 함부로 했습니다. 할아버지, 용서하여 주십시오."

할아버지는 아주 밝게 웃으며 대답했습니다.

"아닙니다. 아주 훌륭한 기도였습니다. 지금까지 내가 들어본 기도 중에서 가장 진실하고 아름다운 기도였습니다."

이렇게 말을 주고받은 다음 아빠는 집안이 쾅쾅 울리게 힘찬 설교를 했습니다. 설교를 듣는 엄마 얼굴이 일그러지기 시작했고 상진이도 코를 틀어막고 이마를 엄마 무릎에 박았습니다.

할아버지한테서 이상한 냄새가 심하게 났기 때문입니다. 그러나 상진이는 꾹 참고 속으로 하나님한테 부탁했으니 좋은 냄새가 나게 될 것이라고 믿었습니다.

예배가 끝났는데도 할아버지는 가지 않고 눌러 앉아 상진이한테 말을 걸었습니다.

"넌 어째서 하나님 할아버지라고 했느냐?"

"엄마, 아빠가 하나님 아버지라고 하시니까 저한테는 할아버지가 맞지 않아요?"

"하하하하!"

할아버지는 그렇게 우스웠던지 집이 떠나가게 웃으며 일어서서 나갔습니다. 아빠가 무슨 말인가 하려는데 엄마가 눈짓을 했습니다. 그냥 가게 두라는 것입니다. 할아버지한테서 냄새가 나서 견딜 수가 없었기 때문입니다.

상진이가 할아버지 뒤를 따라가며 인사를 했습니다.

"할아버지, 안녕히 가세요. 또 오세요."

할아버지가 좋아서 벙글거리며 대답했습니다.

"그래, 그래. 네가 또 오라고 하니 오마. 잘 있어라."

할아버지가 나가니까 이상한 냄새가 사라졌습니다. 엄마가 아빠한테 말했습니다.

"상진이 기도 들으셨지요?"

"……."

"왜 말이 없어요?"

아빠는 엉뚱하게 상진이를 나무랐습니다.

"상진아, 기도는 그렇게 하는 게 아니야."

"아빠. 기도는 솔직하게 가슴으로 하는 거라고 하셨잖아요?"

"그래도……. 또 할아버지 앞에서 냄새가 난다고 하면 할아버지 마음이 어떠셨겠니?"

"그러니까 불쌍한 할아버지를 하나님이 도와 달라고 가슴으로 말한 거예요."

이때 엄마가 웃으며 한 마디 했습니다.

"네가 목사 해라. 호호호."

이렇게 주일이 지나고 또 한 주일이 돌아왔습니다.

예배를 드리려고 가족이 둘러앉아 있는데 문이 열리면서 그 냄새나는 할아버지가 또 나타났습니다.

반갑지 않은 성도

엄마는 별로 반가워하지 않는 얼굴이지만 말은 친절하게 했습니다.

"어서 오세요. 또 오셨군요."

"네, 또 왔습니다."

엄마와 상우는 할아버지가 오시자 지레 겁을 먹고 물러앉았습니다. 그러나 할아버지는 아무렇지도 않게 상진이 곁에 바짝 다가앉았습니다. 상진이 코를 벌름거려 보았지만 아무 냄새도 나지 않았습니다. 그래서 이런 생각을 했습니다.

'내가 기도했더니 하나님이 들어주신 거야. 냄새가 안 나는 걸……'

아빠는 언제나처럼 열심히 큰 소리로 설교를 했습니다. 예배가 끝나자 할아버지가 물었습니다.

"몇 사람 안 되는데 누가 듣는다고 그렇게 큰소리로 설교를 하시오? 나 같은 늙은이는 잘 들려서 좋기는 했지만……"

아빠는 또 같은 말로 대답했습니다.

"제가 하는 설교는 우리 가족만 들으라고 하는 것이 아닙니다. 예배를 드릴 때는 우리 주변에 많은 천사들이 모여서 귀를 기울이고 마귀들도 긴장하여 듣습니다. 천사들은 내가 힘차게 하는 설교를 들으면 좋아하지만 설교를 시원찮게 하면 반대로 마귀들이 좋아서 춤을 춥니다. 목사가 하는 설교는 바로 하나님의 말씀을 사람과 마귀와 천군천사가 함께 들으라고 하는 것이기 때문에 힘차게 소리쳐 설교를 해야 합니다."

"참 좋은 말씀입니다. 그런데 목사님, 한 가지 청을 드려도 될까요?"

"말씀하시지요."

"교회 주변의 넓은 터가 빈 채로 있어서 무엇이든 좀 심었으면 하는데……."

"농사를 지어 보고 싶단 말씀인가요?"

"네, 목사님."

"그러시지요. 전에도 하시던 분이 있었는데 아파트가 들어오면서 고향으로 내려가서 돌보지 않고 있었습니다."

"그럼 제가 배추와 무를 좀 심어서 길러 보겠습니다."

"오늘은 점심을 저희와 함께 드시고 가시지요."

"그래도 되겠습니까?"

엄마는 음식을 차리고 상진이는 엄마를 도왔습니다. 엄마가 상진이를 보고 웃으며 말했습니다.

"상진아, 네 기도를 하나님이 들어주신 것 같다."

"왜 엄마?"

"할아버지한테 아무 냄새도 안 나지 않았니?"

"안 났어. 나도 하나님이 내 기도를 들어주셨다고 생각했는데…… 히히."

"네 기도를 들어주시는 하나님이 아빠 마음도 바꾸어 이사 가게 해 주실까?"

"하나님이 하시는 일이니까 우리 소원을 들어주실 거야."

이때 할아버지가 아빠한테 물었습니다.

"아드님이 기도하는 소리를 들어보니 이 집을 팔고 다른 데로 이사하게 해 달라고 하던데 목사님은 왜 그렇게 고집을 부리십니까?"

"그건 고집이 아닙니다. 이 근처에는 교회가 없습니다. 그리고 아파트가 들어서자 교회를 세울 자리도 없고 여기가 아니면 교회가 들어오려 해도 못 들어옵니다. 땅값이 비싸서 누구든 교회를 지으려 해도 쉽지 않을 것입니다."

"이렇게 지키고만 있으면 될까요?"

"시간이 거릴 뿐입니다. 이 아파트 사람들이 언젠가는 우리 교회를 찾아올 것입니다."

"그 믿음 하나는 좋습니다만……."

"어른님께서는 저 빈터에다 농사나 잘 지어 보시지요. 그런데 농사 경험은 있습니까?"

"있습니다. 믿고 맡겨만 주십시오. 그리고 한 가지만 더 여쭙겠습니다."

"말씀하시지요."

"교인이 없어서 헌금하는 사람도 없는데 생활은 어떻게 하시나요?"

아줌마, 농담도 잘하시오

아빠가 대답했습니다.

"저는 신학교에서 강의를 하고 아내는 출판사에 나가서 아르바이트를 해서 생활합니다."

"저도 예배에 참석은 하지만 원채 맨주먹이라 헌금도 못해서 죄송합니다."

"아닙니다. 한 분이라도 오시니 가족 예배라는 이름은 면할 수 있어서 여간 기쁘지 않습니다. 저는 이 동네가 판자촌 시절에 교인이 많이 오셨어도 헌금은 강요하지 않았습니다."

"성도들이 헌금을 하게 하는 것도 목사님의 의무로 알고 있는데, 그러시면……."

"저기 보시지요. 저 헌금함이 있지 않습니까?"

할아버지는 헌금함을 보고 고개를 끄덕였습니다.

"그러시군요."

"저 헌금함에는 전에 나오던 성도님들이 헌금한 것이 아직도 그대로 있습니다."

"아직도요?"

"그건 성도들이 하나님께 바친 것입니다. 그것은 하나님의 일에 쓰여야 합니다. 그래서 아직 열어보지 않았습니다."

"정말입니까?"

"그렇습니다. 언제든 제가 여기에 교회를 건축하게 되는 날 열어볼 생각입니다."

"목사님은 보기보다 매우 무서운 분이십니다. 만약 거기 아무것도 안 들어 있으면 어찌시겠습니까."

"없으면 그만이지요."

"목사님이 성도들한테 헌금을 요구하지 않으면 성도들은 좀체 헌금을 하지 않습니다."

"교회를 오래 다니셨나 봅니다. 그런 것도 아시고."

"오래 다니기만 했지 믿음은 겨자씨만도 못합니다."

"저는 헌금을 강요하지 않습니다. 누가 얼마를 헌금했는지도 알려고 하지 않습니다. 헌금은 하나님과 성도의 관계이기 때문입니다. 헌금 액수는 사람이 알아서는 안 될 비밀입니다. 남의 눈을 의식하여 강제로 하는 헌금은 하나님이 기뻐하지 않습니다. 인색한 마음으로 해도 안 되고 자랑하려고 해서도 안 됩니다. 순수한 믿음으로 과부가 바친 두 렙돈 정성으로 바칠 때 하나님이 기쁘게 받으십니다."

"듣고 보니 맞는 말씀 같습니다. 제가 헌금을 못하고 공짜로 목사님 설교를 들어도 맘이 편할 것 같습니다."

"편안한 마음으로 참례하시기 바랍니다."

이렇게 하여 할아버지는 그 다음 날부터 삽과 곡괭이를 가지고 와서 땅을 파고 무와 배추씨를 뿌리고 날마다 돌보았습니다. 무와 배추씨를 뿌린 지 한 달이 지나자 바람이 장난질을 치고 헤집고 다니던 땅이 파랗게 변했습니다. 할아버지는 목사님한테 폐를 끼치면 안 된다고 하시면서 날마다 도시락까지 싸 가지고 와서 혼자 식사를 했습니다.

한창 배추 속이 안을 무렵 친정으로 갔던 충청도 아줌마가 돌아왔습니다.

"목사님, 지가 왔시유."

아줌마는 인사를 하다가 눈길을 배추밭으로 돌렸습니다.

"아니, 저 배추는 누가 길렀대유. 목사님이 농사까지 지으셨남유?"

"아닙니다. 아주 좋은 분이 오셔서 배추와 무를 저렇게 가꾸셨습니다. 가서 보시지요."

아빠는 충청도아줌마를 모시고 배추와 무가 무성하게 자란 밭으로 갔습니다. 배추 포기 속을 들여다보며 벌레를 잡고 있던 할아버지가 허리를 펴고 바라보았습니다.

"배추 구경 오셨습니까?"

아빠가 충청도아줌마를 할아버지께 소개했습니다.

"어른님, 이 분은 시골 친정에 갔다가 오신 우리 교회 성도이십니다."

할아버지가 반갑게 인사를 했습니다.

"그러십니까? 그럼 아주머니가 1호 교인이고 제가 2호 교인인 것 같습니다. 맞습니까? 목사님!"

"예, 맞습니다."

충청도아주머니가 할아버지를 훑어보는 눈으로 인사를 했습니다.

"첨 뵙습니다유. 저는 충청도서 온……."

아주머니가 자기소개를 하다가 깔깔거리고 웃었습니다. 할아버지가 물었습니다.

"왜 그렇게 웃습니까?"

아주머니가 얼굴을 붉히며 솔직히 대답했습니다.

"무당이라고 할 뻔했지유. 호호호호."

할아버지가 의아해서 물었습니다.

"무당이라니요?"

"지는 원래 무당이라는 소리에 익어설랑……."

"아주머니, 농담도 잘하시네요."

이렇게 하여 할아버지와 충청도아주머니 인사가 끝났습니다. 농사 짓는 것을 좋아하는 충청도아줌마는 다음 날부터 할아버지와 어울려 배추밭을 돌보기 시작했습니다.

한동안 지내면서 할아버지와 친해지게 된 충청도아줌마는 할아버지를 보면서 중얼거렸습니다.

"이상도 하지, 이상도 혀……."

할아버지가 고개를 갸웃하고 물었습니다.

"무엇이 이상하다는 게요?"

"그거 참……."

이게 무슨 교회야

할아버지가 궁금하다는 듯 또 물었습니다.

"무얼 그렇게 중얼거리시오?"

"지가 말이지유, 관상을 조금 볼 줄 아는디……."

"관상이라니요?"

"노인 어른 얼굴에 비밀이 묻어 있어서리."

"내 얼굴에 무엇이 묻었다고요?"

"보통 얼굴이 아닌디……."

"허허, 늙은이를 놀리려고 그러시오?"

"그게 아니구유. 내가 또 이러다가 무당 소리 듣는디……."

"누가 무당이라는 게요?"

"비밀, 비밀이구먼유."

"이상한 소리도 다 하시오. 언젠가도 무당 어쩌고 하며 웃더니."

"그랬지유. 호호호. 내 팔자."

할아버지는 절구통만한 배추들을 가리키며 말을 바꾸었습니다.

"이제 이 배추를 다 어떻게 하면 좋을지나 말해 보시오."

"여기 땅을 파고 큰 독을 묻고 김장을 해 담그면 내년 봄까지 먹고
도 남을 거구먼유."

"그럼 그렇게 합시다."

상진이는 겨울을 나면서 5학년이 되었고 상우도 학교에 들어갔습
니다. 아침마다 상진이는 상우 손을 잡고 학교에 갔습니다. 그리고
아빠는 낡은 포니를 타고 신학교에 강의를 가면서 아르바이트 가는
엄마를 태우고 다녔습니다.

아파트 사람들은 고급 승용차로 다니는데 목사님 차는 털털거리는
소리를 내며 다른 차 사이를 달릴 때마다 사람들이 신기하게 바라보
았습니다. 학교 길의 아이들은 아빠 차를 보고 손가락질을 했습니다.

"히히히, 저것 좀 봐. 저것도 차라고 굴러가잖아."

"저 차 어느 나라 차냐? 15세기 구식 차잖아."

"또, 똥차 좀 봐, 하하하하……!"

상진이와 상우는 아이들이 하는 소리에 화가 났습니다. 그래도 창피해서 우리 아빠 차라고 하지도 못하고 얼굴만 빨개졌습니다. 상우가 빨간 얼굴로 말했습니다.

"형아, 쟤들이 아빠 차 보고 웃고 떠드는 거 싫지?"

"응."

"나도 싫어. 창피해."

"그래도 아빠는 목사님이야."

"우리도 좋은 차 사자고 아빠한테 말할까?"

"이 담에."

"이 담에 언제?"

상진이는 아무 말도 하지 않았습니다. 학교가 끝나면 그 할아버지가 상우를 데리러 꼭꼭 오셨습니다. 그래서 다른 아이들은 상우 친할아버지인 줄 아는 아이가 많았습니다.

아이들이 학교 가고 나면 충청도아줌마는 집에 와서 일을 하셨습니다. 그래서 사람들은 한 가족으로 알게 되었고 주일이면 열심히 기도하고 찬송을 불렀습니다. 겨울이 지나도 아파트 사람들은 교회에 나오지 않았습니다. 어쩌다가 잘 차려 입은 사람들이 차를 타고 와서 교회를 들여다보고 돌아가면서 똑같은 말을 했습니다.

"교인도 없잖아. 이게 무슨 교회야. 십자가가 아깝네."

"이런 교회 나와 봤자 헌금 낼 걱정이나 하지 뭐."

"이래도 목사가 굶지 않고 사는 모양이야."

"사람이 많아야 오지. 겨우 애들까지 여섯 명?"

"이런 교회에 나와 봤자 큰일 치를 때 누가 오겠어."

상우는 사람들이 하는 말을 다 들어서 알고 있었습니다. 어린애니까 못 알아들을 줄 알고 어른들이 가면서 하는 말입니다. 그러나 상우는 그런 사람들이 한 소리를 아무한테도 말하지 않았습니다.

할아버지는 하루도 안 거르고 상우가 학교 끝날 때 와서 집까지 데려다 주고 가셨습니다. 그리고 주일 아침에는 아빠도 엄마도 모르는 사이에 와서 청소를 했습니다.

아줌마하고 할아버지와 목사님 가족이 전체 교인이지만 아무것도 부족한 게 없고 즐거웠습니다. 하루는 할아버지가 목사님한테 말했습니다.

"목사님, 우리 교회는 언제 지을 작정이십니까?"

"글쎄요……."

"무작정 기다리면 교회가 되나요? 저 헌금함을 열어 보고 모자라면 대책을 세워 보시지요."

"아직은 아닙니다."

"언제 열어보시겠습니까?"

"때가 되면……."

"때만 기다리시면 아무것도 못하십니다. 오늘 열어 보시지요. 황금 덩어리를 누가 헌금했는지도 모르지 않습니까."

"이 동네 살던 분들은 겨우 생활하기 바쁜 분들이라 헌금을 제대로 할 수 있는 사람이 없었습니다."

"그래도 한번 열어 보시지요."

"아무것도 안 들어 있으면……."

"아무것도 안 들어 있으면 제가 책임지겠습니다."

"어른님께서 무슨 말씀을……."

"제가 등짐을 지고라도 해결해 보지요."

"말씀만도 고맙습니다."

"고마우시면 행동으로 옮기시는 겁니다."

"정 그러시다면……."

"목사님은 어떤 교회를 짓고, 교회가 완성되면 어떻게 운영하시겠다는 계획은 가지고 있습니까?"

"있기는 한데 꿈이지요."

"꿈이 있으면 이루어지는 것입니다. 하나님이 함께 하시는데 못할 일이 뭡니까."

"저보다 믿음이 좋으십니다."

"목사님, 꿈이나 한번 들어보고 싶습니다."

"저는 모든 것이 주어진다면 주위 시유지를 경계로 이 땅 400평에 20층 건물을 짓고……."

"꿈이 거창하십니다. 그리고요?"

헌금 못 내는 할아버지

목사님이 얼굴을 붉히며 말했습니다.

"꿈만 꾸면 뭘 합니까."

할아버지가 손으로 빈터를 가리키며 물었습니다.

"저 땅값이 얼마나 간다고 했지요?"

"부동산 업자들 말로는 오십억 원쯤 간다고 합니다."

"굉장합니다. 이 땅만 팔아도 목사님은 부자 아닙니까?"

"어른님도 부자가 그렇게 좋습니까?"

"이 세상에 부자 싫다는 사람이 있나요?"

"누가 뭐래도 저는 여기다 교회를 짓고 아파트촌의 등대가 될 것입니다."

"그 생각은 좋은 것 같습니다. 하나님은 목사님 같은 종을 찾고 계시는지도 모릅니다. 여기다 목사님 생각대로 큰 교회를 짓는다면 건축비가 얼마나 들어갈까요?"

"땅값의 열 배는 있어야겠지요."

"열 배라면 오백억 원 말입니까?"

"그렇습니다. 그래서……."

이때 충청도아줌마가 할아버지를 불렀습니다.

"이 봐유, 할배……, 아니, 아니여유. 이 주둥이가."

할아버지가 웃으며 받았습니다.

"하하하, 날 보고 할배라고 하시었소? 우리 그렇게 부릅시다. 충청도아줌마."

이런 일로 하여 아줌마와 할아버지는 서로 할배 아줌마 하고 부르기 시작하였습니다.

며칠 후 또 주일 아침이 밝았습니다. 상진이가 화장실에 갔다 나오는데 아래층 예배당에 불이 켜져 있어서 내려다보았습니다. 언제 오셨는지 할아버지가 헌금함 앞에 엎드려 기도를 하더니 일어나서 종이 한 장을 헌금함에 넣었습니다. 상진이는 할아버지가 왜 종이를 넣는지 알았습니다. 그래서 방으로 들어가 불쌍한 할아버지를 위해 기도를 했습니다.

"하나님 할아버지, 저 상진이에요. 오늘 보았는데요. 불쌍한 할아버지가 기도를 하고 종이를 헌금함에 넣었어요. 헌금할 돈이 없으니까 종이를 넣었어요. 불쌍하고 착한 할아버지한테 하나님 할아버지가 복을 많이 주세요. 그래서 충청도아줌마처럼 파란 돈도 넣을 수 있게 해 주세요. 충청도아줌마는 노란 돈도 넣고 파란 돈도 넣는 걸 저는 보았어요. 우리 식구들은 마무도 몰라요. 하나님 내가 말씀드린 것 아셨지요? 아멘."

상진이는 무엇이나 본 대로 들은 대로를 함부로 말하지 않습니다. 사람들이 교회에 왔다 가면서 듣기 싫은 소리를 하고 가면 마음이 좋지 않습니다. 그래서 엄마 아빠도 그런 소리는 싫어할 것 같아서 비밀로 했습니다. 어른들은 어린 상진이가 아무것도 모르는 줄 알고 아무 말이나 다하고 갑니다.

봄이 오자 할아버지와 아줌마는 빈 텃밭에서 일을 시작했습니다. 작년보다 더 넓게 땅을 파고 여러 가지 씨를 뿌렸습니다. 이제 한 달만 있으면 시금치, 상추, 쑥갓 등이 먹고도 남을 만큼 나올 것입니다.

겨울이 두 번이나 지나가도록 아파트 사람들은 차를 몰고 와서 들여다보고는 머리를 가로젓고 들어오지도 않고 돌아갔습니다. 그래도 아빠는 낡은 포니를 타고 잘도 다니십니다. 주일 예배를 마치고 할아버지가 돌아가시려다가 물었습니다.

"저 차 좀 바꾸시면 안 될까요?"

"제 차가 어때서요?"

"목사님이 타고 다니시는 차인데……."

"저는 이 차면 만족합니다. 차도 사람처럼 제 명이 다하여 못 가겠다고 할 때까지는 타야 합니다. 앞으로 십 년은 더 탈 수 있습니다. 속없이 차만 좋으면 뭘 합니까."

"목사님은 오십 억 부자이십니다."

"백억이라도 저는 이만한 차면 족합니다."

"목사님, 헌금함을 열어 보시지요. 누가 압니까. 헌금이 들어 있을지도 모르지 않습니까. 그 돈으로 차나 바꾸시지요."

"솔직히 말씀드리면 빈 함일까 봐 못 열어 봅니다. 전에 교인들이 많이 오기는 했지만 모두가 가난한 분들이어서 헌금에 마음을 쓴 적이 없습니다. 지금은 더욱 헌금이 들어올 처지도 아니고요."

"그래도 하나님 앞에 누군가가 씨를 심었으면 그 씨를 다섯 배, 열 배로 늘려야 할 책임이 목사님께 있지 않습니까?

"그 말씀은 맞습니다만……."

"한번 열어 봅시다, 목사님."

목사님은 마지못해 책상 서랍에서 헌금함 열쇠를 가지고 와서 열었습니다. 그런데 이게 웬일입니까?

억! 억! 억!

헌금함에서는 돈보다 종이가 더 많이 쏟아져 나왔습니다. 목사님이 종이를 들여다보고 놀라서 물었습니다.

"이게 다 뭡니까?"

할아버지도 들여다보고 놀란 얼굴로 되물었습니다.

"수표가 아닙니까?"

"네, 수표 같습니다."

목사님은 수표에 적힌 동그라미를 세었습니다.

"하나, 둘, 셋, 넷, 다섯, 여섯, 일곱, 여덟, 아홉……."

할아버지가 고개를 갸웃하고 물었습니다.

"동그라미가 아홉이면 얼마입니까?"

"모르겠습니다. 저도 평생에 백만 원이 넘어가는 수표는 본 적도 없어서 얼마인지…… 단, 십, 백, 천, 만, 십만, 백만, 천만, 억, 십억……."

"십억이요?"

"네, 십억입니다."

할아버지가 다른 수표를 들고 말했습니다.

"목사님, 이건 얼마짜리입니까?"

목사님은 단, 십, 백, 천 하고 세다가 백억 하고 놀라 주저앉았습니다.

"백 억짜리 수표입니다."

"백억이라고요?"

목사님은 수표를 모아 액수를 세어 보았습니다.

"수표가 오백 십억 원입니다."

할아버지는 꼬깃꼬깃 접힌 천원 자리와 쭉 펴진 만 원짜리 돈을 차곡차곡 정리하였습니다. 동전도 많이 나왔습니다.

"목사님, 모두 얼마나 됩니까?"

"정신이 없어서 헤아릴 수가 없습니다."

"이 수표들이 가짜는 아닐까요?"

"글쎄요, 믿을 수가 없으니 가짜 같기도 합니다."

"이러지 말고 은행으로 가서 저금을 해 보시지요."

목사가 망설였습니다.

"가지고 갔다가 수표가 가짜라면……."

"그렇겠지요? 만약 가짜 수표라면 창피를 당하겠지요?"

"창피뿐입니까? 이런 것을 만든 범인을 잡아야 한다고 온통 시끄럽게 될지도 모릅니다."

"그렇게 되면 목사님 체면이 말이 아니겠습니다."

"누가 장난을 한 것도 아닐 테고……."

"목사님, 통장을 저를 주시지요. 제가 가지고 은행으로 가서 예금을 해 보겠습니다. 그러면 이게 가짜인지 아닌지도 알게 되고 얼마인지도 알 수 있지 않습니까. 무슨 일이 생겨도 제가 책임을 지면 목사님한테는 별일이 없을 것 같습니다."

"어떻게 어른님을 그렇게 합니까."

"저야 뭐 망신당해 보았자 별것 있습니까? 그렇게 하시지요. 통장을 주십시오. 제가 은행에 다녀오겠습니다."

목사님은 우물쭈물하다가 통장과 현금함에서 나온 것을 가방에 넣어 할아버지한테 맡겼습니다. 할아버지가 웃으며 말했습니다.

"목사님, 저를 잘 지키십시오. 제가 이걸 가지고 달아나면 큰 낭패를 당하십니다."

"어른님을 믿어야지요."

목사님은 이렇게 말했지만 실은 걱정도 되었습니다.

"가시지요."

"목사님, 아무 염려 마세요. 만약 이것이 가짜라고 하면 모르는 척하세요. 제가 알아서 하겠습니다."

"미안합니다."

"아닙니다."

두 사람이 은행으로 들어갔습니다.

돈의 위력

할아버지가 목사님 통장과 돈 가방을 은행원한데 내밀었습니다. 은행 접수 직원이 수표를 보고 놀라며 눈을 동그랗게 뜨더니 안으로 들어가 지점장하고 무슨 이야기를 하고 나왔습니다.

지점장이 문을 열고 웃는 얼굴로 할아버지한테 안으로 들어오라고 했습니다. 할아버지와 목사님이 지점장실로 갔습니다. 목사님은 불안하고 겁이 났습니다. 수표가 가짜로 밝혀지면 어떻게 하나 하는 생각이 떠나지 않았습니다. 할아버지가 지점장한테 말했습니다.

"별일은 없겠지요?"

"잠시만 기다려 주세요. 어른님."

여직원이 차를 가지고 왔습니다. 할아버지가 주저하는 소리로 말했습니다.

"뭐, 이렇게 차까지 주십니까. 고맙게."

지점장이 겸손히 대답했습니다.

"우리 은행 고객이신데 이 정도를 가지고 뭘 그러십니까?"

목사님은 수표를 확인하는 여직원이 이상한 소리를 하는 것은 아닐까 불안하여 차도 제대로 못 마셨습니다. 할아버지는 철없는 아이처럼 차를 소리를 내가며 후룩후룩 마셨습니다. 목사님은 소리를 내며 마시는 할아버지 예절이 엉망이라고 부끄럽게 생각했습니다.

한참 뒤에 여직원이 통장을 정리하여 지점장 앞에 내놓았습니다. 지점장이 통장 액수를 확인하더니 자리에서 일어서서 배꼽인사를 했습니다.

"이렇게 도와주셔서 감사합니다. 우리 지점의 최고 고객이십니다. 지금까지 이렇게 큰 금액을 예금하신 고객은 처음입니다."

할아버지가 의기양양하여 말했습니다.

"정말입니까?"

"예, 정말입니다."

"그게 얼마나 되는데 이 지점에서 최고 고객이 되었나요?"

지점장님도 한참 동안 들여다보고 금액을 읽었습니다.

"오백십억…… 삼십이만 오천 오백 원입니다."

"그 돈이면 한 달에 이자가 얼마나 나올까요?"

"정기적금으로 하시면 많이 나오고……."

"다달이 이자를 받아 가면 얼마나 됩니까?"

"대략 한 달에 이삼천 만원은 될 것 같습니다."

"그렇게 많이 나옵니까?"

"그렇습니다."

할아버지는 좋아서 목사님께 말했습니다.

"목사님 한 달에 이천 만원이 어딥니까."

목사님은 가짜 수표가 아닌 것 같아 안심이 되어 속으로 한숨을 쉬고 말했습니다.

"알겠습니다. 그만 가시지요."

목사님과 할아버지가 지점장실을 나서자 전 직원이 자리에서 일어나 배꼽 인사를 했습니다. 돈의 위력을 몸으로 느끼며 목사님은 꿈을 꾸는 것 같았습니다. 할아버지는 밖으로 나와서 통장을 목사님께 드렸습니다.

"목사님, 목사님은 이제 부자가 되셨습니다. 그렇지요?"

"아직 실감이 안 납니다. 이것이 사실이라면 하나님이 부자가 되신 거지요. 이 돈은 제 것이 아닙니다."

"좋은 생각이 있는데 제 생각을 말씀드려도 될까요?"

"네, 말씀하시지요."

"목사님은 다달이 이자가 나오면 어디다 쓰시겠습니까?"

"아직 그런 생각할 겨를이 없습니다."

할아버지는 개구쟁이 아이가 남의 살구나무에서 살구를 따서 주머니에 넣기라도 한 것처럼 좋아서 싱글벙글했습니다. 목사님은 그 모습을 보면서 철부지 아이 같다고 생각했지만 아무 말도 하지 않았습니다. 할아버지는 신이 나서 하려던 말을 했습니다.

나 보고 설거지를 하라고?

"목사님, 그 이자를 가지고 이렇게 하면 어떨까요?"

"어떻게요?"

"아파트촌에는 아들 며느리가 모두 출근하고 나면 외로운 늙은이들만 남습니다. 그분들 가운데는 점심을 제대로 못 먹는 사람이 있다고 들었습니다. 우리 교회에서 그런 노인들 점심을 대접하면 어떨까요?"

"노인들을요?"

"감자를 캘 때 줄기를 뽑아 들면 큰 감자가 뽑혀 나오면 작은 감자들까지 줄줄이 대롱대롱 매달려 나오는 거 아시지요?"

"그런 것도 아십니까?"

"목사님도 아시지 않습니까? 하나님을 안 믿는 집 노인들을 모셔다 점심을 대접하면 노인들이 하나님을 믿을 것이고 노인이 믿으면 자손들도 따라오게 될 것입니다. 안 그렇습니까?"

"이치는 그럴 듯한데 뜻대로 될까요?"

"안 되면 어떻습니까. 배고픈 노인들 밥 한 끼 대접하는 것이야 하나님이 좋아하시는 일이 아니겠습니까?"

"노인들을 어떻게 모셔옵니까?"

"그 문제는 저한테 맡겨 주십시오. 늙은이는 늙은이가 데려와야 옵니다."

"그렇게 해 보시지요."

이렇게 하여 충청도아줌마와 할아버지가 앞장서서 일을 시작하여 동네 할아버지 할머니들을 모셔다 점심을 대접하기 시작했습니다. 처음에는 두 사람이 왔고 다음 날은 다섯 명이 오고 일주일쯤 지나자 열다섯 명이 와서 점심을 먹고 갔습니다. 한 노인이 돌아가면서 목사님께 말했습니다.

"우리 보고 예수 믿으라고 점심해 주는 건 아니지요?"

"예, 아닙니다. 낮에 젊은 사람들이 다 출근하고 나면 점심 굶는 어른님들이 계시다는 말을 듣고 이런 일을 시작했습니다. 교회 나오시라고 해드리는 건 절대 아닙니다."

"그 말이 사실이면 낼은 다른 사람들도 데려오리다."

"그렇게 하시지요."

"늙은이들이 점심을 먹으러 오고 싶어도 교회 다니라고 할까 봐 안 오는 사람들이 많아요."

"그런 걱정은 마시고 많이 오시라고 해 주십시오."

"교회라고 십자가는 걸렸지만 교회 같지도 않은데 좋은 일은 큰 교회도 못하는 일을 하시는구려."

그 할아버지는 그 다음 날 더 많은 노인들을 모시고 왔습니다. 사람들이 많이 모이자 일손이 달렸습니다. 충청도아줌마가 노인 가운데 곱상하고 정정해 보이는 분을 잡고 말했습니다.

"할머니, 우리 일 좀 거들어 주시지 않을래유?"

"나 보고 설거지를 하라고?"

"설거지가 아니라도 이것저것 할 일이 많아서유."

"겨우 밥 한 끼 얻어먹고 그런 일을 하라고? 그 담에는 예수 믿으라고 하겠네!"

그 노인은 화를 버럭 내고 나갔습니다. 그것을 곁에서 바라보던 한 노인이 다가왔습니다.

"내가 거들 테니 나를 시켜 주시오. 나도 예전에는 교회에 다녔는데 여기 와서는 못 다니고 있었다오. 애들도 이 교회에 나가면 이 담에 건축 헌금하라고 할 테니 가지 말라고 해서 못 오고, 헌금 낼 돈도 없어서 못 왔는데 그런 일이라도 할 수 있으면 하나님한테 공짜로 밥 먹고 간다는 꾸중은 안 들을 것 아닌가요?"

"고맙지유. 그렇게 도와주시면 고맙지유."

"나는 도와드리기는 하겠지만 교회는 못 나와요. 그래도 괜찮지요?"

밥값 대신 예수나 믿어주자

"그럼유. 여기는 아무도 헌금하라고는 안 혀유. 저엉 헌금이 하고 싶으면 아무도 모르게 백 원이든 천 원이든 저기 있는 헌금함에 슬쩍 집어넣으면 되는디유."

"교회 안 나와도 된다면 일할 할머니들을 많이 데리고 오리다."

그 다음날부터는 도와주는 할머니들도 많이 모였지만 점심을 먹으러 오는 사람도 줄을 이었습니다. 하루에도 백 명이 넘는 사람들이 와서 식사를 하고 가지만 교회에 나오는 사람은 없었습니다. 그렇게 1년이 가고 겨울입니다. 한 노인이 목사님을 보자고 했습니다.

"목사님은 무슨 돈으로 이렇게 많은 사람들에게 점심을 해 먹이십니까? 그러면서도 한 번도 사람들한테 교회에 나오라는 말을 안 하시는데 어째서 안 하십니까? 목사가 맞기는 맞나요?"

"예, 겨우 밥 한 끼 대접하고 싫어하시는 어른들을 억지로 교회에 나오라고 하면 되겠습니까. 하나님이 주신 것을 하나님이 사랑하는 사람들한테 대접하라고 하셨으니 그렇게 할 뿐입니다. 아무리 사람이 많아도 하나님이 부르시지 않으면 하나님 품으로 올 수 없다고 했습니다. 그런데 제가 억지로 할 수 있습니까."

"하나님이 주신 것이라고요?"

"그렇습니다."

"내가 내일은 몇몇 늙은이를 모아놓고 우리도 밥값을 좀 하자고 할 생각입니다."

목사가 부탁했습니다.

"어떻게 하실 생각이십니까? 억지로 교회에 오라고 하진 마십시오."

"목사님 그 말씀이 마음에 들어서 하는 소리입니다."

"무슨 말씀이신지요?"

"우리가 그만큼 대접을 받았으니 인사로라도 교회에 나가서 목사님 설교도 들어주고 하나님을 믿어주는 척이라도 해 주자고 할 생각입니다. 목사님이 강제로 하라고 하셨으면 내가 이런 생각 안 합니다."

"좋으신 대로 하십시오."

이런 말을 나누고 난 다음 주일입니다. 식사하러 온 동네 노인들이 모두 예배에 참석했습니다. 충청도아줌마는 신이 나서 왔다 갔다 하면서 할배를 불러댔습니다.

"할배, 거기서 뭘 하시유? 빨랑 이쪽에 방석 좀 가져와요."

"할배, 여기 물 좀 가져다 드려유."

이럴 때마다 할아버지는 노인들을 열심히 돌보았습니다. 한 노인이 할아버지를 잡고 물었습니다.

"여보, 노인장께선 나하고 비슷한 연배 같은데 이 교회에서 무얼 하시오?"

"저는 텃밭을 가꾸고 목사님 심부름을 합니다."

"그 텃밭 일할 때 나도 좀 하면 안 되겠소?"

"그러시면 좋지요. 얼마든지 환영입니다."

이 소리를 들은 다른 노인도 끼어들었습니다.

"나도 끼어주시오."

그러자 다른 노인도 가만히 있지 않았습니다,

"나도 시골서 농사를 짓다 왔소. 날마다 놀기도 지루한데 나도 일 좀 하게 해 주시오."

이 사람 저 사람이 텃밭 농사를 거들겠다고 했습니다. 할아버지가 웃으며 말했습니다.

"아무리 그러셔도 품삯은 없습니다."

"아, 우리야 점심을 공짜로 일 년이 넘게 먹었는데 그걸 바라면 도둑이지요. 끼어만 주시오."

이런 일로 하여 봄이 되자마자 노인들이 밭에서 일을 해주고 주일이면 예배당이 미어질 정도로 노인들로 꽉 찼습니다. 목사님은 교회를 지어야겠다고 생각하고 교회 터 옆에 있는 시유지를 사용하게 해 달라고 시에다 신청을 했습니다. 시에서는 목사님의 하시는 사업을 알고 있어서 쉽게 사용 허가를 해주었습니다. 그래서 점심식사를 대접하는 식당 건물을 거기에 짓고 교회 건축을 시작했습니다.

노인들 가운데는 훌륭한 일꾼이 많았습니다. 목수 일을 잘하는 사람이 있고 농사일도 잘하는 사람이 넘쳤습니다. 목수 일을 잘하는 노인은 교회 건축을 돕고 땅을 잘 파는 노인은 지하층 공사장 일을 돕고, 건축 설계로 늙은 할아버지는 건축 설계를 맡는 등 무엇이든지 전문가가 필요하면 할아버지 가운데서 줄을 서서 나왔습니다.

날마다 품삯을 받지 않는 일꾼들이 밥 한 끼 먹고 일을 열심히 하여 공사장에는 날마다 할아버지들의 건강한 웃음소리로 가득했습니다.

퍼주는 교회

그렇게 되고 난 뒤에 목사님이 사들인 오백 평에 시유지 육백 평을 더 사들여 목사님 계획대로 20층짜리 교회가 주변 아파트들과 어깨를 나란히 하고 우뚝 섰습니다.

목사님이 할아버지와 의논을 했습니다.

"교회가 이만큼 된 것도 어른님이 도우신 덕입니다."

"제가 뭘 했다고 그러십니까."

"동네 노인들이 다 모여들게 한 것도 그렇고 생각하시는 것도 저보다 기획성이 탁월하십니다."

"별 말씀을 다하십니다."

"이제 우리 교회 기획담당실장 일을 맡아주시지요. 무슨 일이든 기획하시는 대로 따르겠습니다."

"그리 하시면 안 됩니다."

"아닙니다. 이제 저는 설교준비만 열심히 하고 하나님께 지혜를 구하는 기도에 힘쓰겠습니다."

"그러시면 제가 생각나는 대로 해 보겠습니다."

"교회가 이렇게 번듯하게 서니 아파트 사람들이 모두 우리 교회로 몰려들고 있습니다. 그뿐 아니라 인근 노인들이 모두 손자 손녀를 데리고 이리로 와서 어느 사이에 모두 교인이 되었습니다."

"그렇게 되었네요. 밥 한 끼 먹여주고 교회에 나오라고 하면 안 오겠다던 노인들이 모두 찰떡같이 되었습니다. 교회 1층에는 경로선교회를 만들어 노인들이 마음껏 쉬고 즐길 수 있게 하고 이층에는 유아보육선교회를 만들어 일단 우리 교회 성도들을 상대로 무료 유아보호소를 만들면 좋겠습니다. 그러면 젊은 사람들이 마음 놓고 직장에 나가서 일할 수 있을 것입니다. 목사님은 어떠신지요?"

"좋은 생각이십니다. 그렇게 하면 젊은 세대가 하나님을 영접하고 교회가 튼튼히 부흥할 것입니다."

할아버지는 기획실장이 되어 교회에 여러 선교단체를 민들었습니다. 의료선교회와 미자립교회지원선교회 등 네 개 선교회를 만들기로 했습니다.

　입당 예배를 드리는 날은 시의회 의장, 시장, 구청장 등 관내 공공 기관 윗분들이 모두 참석하였고 장관님까지 참석하여 성대한 예배를 드렸습니다. 그뿐 아니라 그 동안 비웃기만 하던 아파트 주민들도 몰려들어 3층짜리 대성전이 꽉 차서 빈자리가 없었습니다.

　목사님은 설교를 마치고 참석한 사람들에게 앞으로 교회가 할 일을 기획담당 할아버지와 의론한 대로 선포했습니다.

　"앞으로 우리 교회는 이 지역과 나라를 위하여 최선의 봉사를 할 예정입니다. 노인들을 위한 경로선교회, 출근하는 젊은 부부들이 유아를 마음 놓고 맡길 수 있는 유아보호 선교회, 사정이 어려워 병원을 못 가고 고생하시는 환자를 치료하고 중증환자 요양 시설을 십층에서 이십층까지는 무료 의료선교회를 운영하고, 농어촌미자립교회 지원선교회는 30명 이내 작은 교회에 한하여 교인 1인당 매월 1만 원씩을 1차로 10개 교회 지원 등 4개 봉사를 하여 하나님이 기뻐하시는 사업을 해 나갈 예정입니다."

　벌써부터 교회는 장년 예배실과 유아부, 중고등부, 청년부 예배실이 성도들로 찼습니다. 이 교회의 특성은 예배 시간에 헌금은 따로 하지 않습니다. 그것은 목사님의 목회 철학입니다. 그렇지만 헌금함에는 선교회에서 활동하는 데 부족하지 않게 헌금이 모였습니다. 목사님은 수천 명이 참석하는 교회로 성장했지만 장로나 집사, 권사를 세우지 않고 십부장, 백부장, 천부장을 세워 십부장은 성도 열 명에 한 사람, 백부장은 성도 백 명에 한 사람, 천부장은 천명에 한 사람을 세우고 모든 것은 기획담당 할아버지한테 운영을 맡기셨습니다.

의료선교회에서는 각종 의료장비를 마련하여 빈민층 사람들의 병을 무상으로 치료하여 주고 미자립 교회에는 교인 한 사람에 만원씩 지원금을 보내어 교회마다 성도를 늘리고 열심히 일하게 하였습니다.

아파트 사람들이 전에는 먼 곳에 있는 큰 교회에서 보내주는 교회 순회버스를 타고 다녔지만 이제는 동네 교회로 나오기 때문에 다른 교회 버스가 올 필요가 없어졌습니다. 그뿐 아닙니다. 부근의 약국이나 병원이 문을 닫을 지경이 되었습니다.

베푸는 좋은 교회라는 소문이 퍼지자 원근에서 교인이 환자를 모시고 몰려들고 날마다 즐거운 찬송소리로 교회가 활기차게 성장하고 있었습니다. 그런데 인근의 병원과 약국 식당 심지어는 교회들까지 그 교회에 대한 이상한 소문을 퍼뜨리기 시작했습니다.

궁지에 몰린 목사님

"아무 것도 없이 빈털터리로 싸구려 흉가를 사가지고 온 젊은 목사가 의심스럽다. 빈민촌에서 누가 헌금을 그리 많이 해서 교회가 그 큰 자금을 마련할 수 있단 말인가."

"뭔가 부정이 있을 거다. 복권이라도 붙은 것인가. 무슨 돈이 어디서 나서 공짜로 먹여주고 나누어주는 교회가 되었는지 의심하지 않을 수 없다."

"뭔가 구린 데가 있는 게 틀림없다. 은행에 한꺼번에 오백억을 예금했다는 소문이던데 그 돈이 어디서 난 것인가? 조사를 해 보아야 한다."

"장로가 대통령을 하니까 혹시 정치 자금을 몰래 받아서 선교활동을 하는 것은 아닐까."

"교회가 환자를 모두 공짜로 고쳐주니 우리 병원과 약국은 어떻게 살라고 나라에서 저런 교회를 가만히 두는가. 당장 교회를 고발하자."

"세무조사를 해 보아야 한다. 자금 줄을 밝혀야 한다."

이런 말이 퍼지자 누군가가 세무서에 신고를 하여 세무서에서 나와 조사하기 시작했습니다.

"목사님, 그 큰돈이 어디서 나서 교회를 건축하였습니까?"

"헌금함에서 나왔습니다."

"누가 헌금을 그렇게 많이 할 수 있었을까요? 짐작이 가는 사람이 있습니까?"

"없습니다."

"전에는 여기가 서울서 가장 빈촌이었는데 누가 그렇게 큰돈을 헌금할 수 있느냐 말입니다. 목사님, 솔직히 말씀해 주십시오. 다른 데서 지원하여 이렇게 큰 교회를 세우신 건 아닙니까?"

"아닙니다."

"작은 돈이라면 문제될 것이 없지만 그만한 돈을 헌금한 사람이라면 세법상으로 확인해야 합니다. 그렇게 큰 헌금을 한 사람은 어떤 인물인지도 조사를 해 보아야 합니다. 짐작 가는 분을 대주시지요."

"그런 분이 없습니다."

"아무래도 목사님이 헌금은 어떻게 쓰였으며 무상으로 구제한 내용을 밝히셔야 하겠습니다. 내일 근거 자료를 가지고 세무서로 나오시기 바랍니다."

세무서 직원이 다녀가고 난 다음 날 아침 목사님이 기획담당을 맡은 할아버지와 의논을 했습니다.

"헌금으로 교회를 지었다고 해도 믿지 않습니다. 게다가 교회에서 그간 사용한 경리 장부를 가지고 나오라는 것입니다. 어떻게 하면 좋겠습니까?"

"우리가 부정한 것도 아니고, 들어온 헌금을 쓸 곳에 썼는데 무슨 걱정입니까."

"그런데 문제는 그 큰돈을 헌금한 사람을 대라는 것입니다. 정치자금을 받은 건 아니냐는 말까지 하면서……."

"목사님, 염려 마십시오. 제가 세무서에 가서 우리가 헌금을 어떻게 사용했는지 사회를 위해 무엇을 했는지 소상히 밝히겠습니다."

"성도 중에 하는 말을 힐끗 들었는데 인근의 병원과 약국 등 그리고 교회들까지도 우리 때문에 지장이 많다고 한답니다."

"저도 그런 소리는 들었습니다. 그래서 우리 교회 활동을 중지시키기 위해 세무서에 신고까지 한 것 같습니다. 제가 세무서에 다녀오겠습니다."

"혼자 가지 마십시오. 제 차로 모시고 같이 가겠습니다."

"그러시면 목사님은 차에 계십시오. 제가 담당 공무원을 만나고 나오겠습니다."

그렇게 하여 할아버지는 목사님의 승용차 포니를 타고 세무서로 갔습니다. 세무서 주차장 입구에서는 낡은 포니가 나타나자 불친절하게 맞으며 저쪽 구석으로 가서 다른 차를 피하여 아무데나 주차하라고 했습니다. 할아버지가 섭섭하여 말했습니다.

"아무래도 차를 바꾸시지요. 이런 데 와서도 천덕꾸러기 대접을 받아야 합니까?"

"천대를 받아도 이 차는 나이로 치면 저 차들보다 어른입니다. 잘만 굴러다니는데 차가 무슨 상관입니까. 저 사람들의 의식이 바뀌어야 합니다. 그것을 바꾸는 것은 저의 사명이며 평등하신 하나님의 은혜만이 가능합니다."

"목사님은 참 대단하십니다. 자존심도 없으신 것 같아 존경스럽습니다."

"별 말씀을 다하십니다."

할아버지가 세무서 안으로 들어가셨습니다.

"잠깐만 기다리십시오. 제가 들어갔다 오겠습니다."

할아버지는 허리를 꼿꼿이 펴고 세무서 안으로 들어갔습니다.

건방진 세무직원

할아버지는 세무 담당직원을 만났습니다. 젊은 직원은 노인이 온 것을 보고 상을 찡그렸습니다.

"목사님 보고 들어오라고 했지 노인을 부르지 않은 것 같은데요."

"목사님이 바쁘셔서 제가 대신 왔습니다."

"노인네가 무얼 안다고 이런 델 오십니까?"

"저도 대강은 알고 있습니다."

"뭘 안다는 거예요?"

"무엇이든지 알고 싶으신 것은 다 물어보시지요."

"허허, 목산지 뭔지 그 사람 안 되겠구먼. 직접 오랬더니 이게 뭐야. 늙은이를 보내놓고 자기는 빠져나가겠다는 거야 뭐야."

"늙은이라도 알 건 다 압니다."

"뭘 안다는 겁니까?"

"무엇이든지 선생께서 모르시는 걸 물으시면 대답해 드리겠습니다."

"말상대가 아니잖습니까? 교회 책임자가 와야지 뭘 안다고 다 늙은 이를 보내는 겁니까?"

"선생도 늙어 보시오. 늙어도 알 건 다 압니다."

"말장난하자는 겁니까?"

"늙은이가 젊은 사람하고 말장난질이나 해서 되겠습니까?"

"이게 말장난이 아니고 뭡니까?"

세무담당은 큰소리를 치며 책상을 쾅 쳤습니다. 그 소리에 서장실 문이 열리고 머리가 희끗한 서장이 내다보고 물었습니다.

"박주임, 무슨 일이오?"

"아무것도 아닙니다."

"아무것도 아닌데 큰소리를 질러요?"

"죄송합니다. 제가 알아서 하겠습니다."

서장이 손짓을 했습니다.

"그 손님 이리 모셔요."

할아버지가 서장실로 들어가자 서장이 점잖게 사과했습니다.

"요새 젊은 사람들 혈기가 넘치다 보니 실수를 종종 합니다. 용서하십시오."

"다 이해합니다."

"어른님께서는 무슨 일로 오셨습니까?"

"저는 저 아파트 안에 있는 교회의 기획을 담당하고 있는 늙은이입니다."

"그러시군요. 무슨 일로 오시게 되었습니까?"

"우리 교회를 고발한 사람이 있어서 조사를 좀 받으러 왔습니다."

"세무서에서 조사해야 할 일입니까?"

"누가 하면 어떻습니까. 떠도는 소문을 막으려고 하는 것입니다. 그리고 우리가 하는 일이 사회적으로나 윤리적으로 잘못이 있다면 벌을 받을 것입니다. 이 서류를 보시고 조사해 주시지요."

서장이 서류를 들여다보다 교회 설립 당시에 엄청난 헌금이 들어온 것에 놀라서 물었습니다.

"헌금을 이렇게 많이 하는 사람도 세상에 있습니까?"

"있으니까 헌금이 있는 거 아니겠습니까?"

"허허, 그 말씀이 맞습니다만 너무 큰돈이라 이해가 안 됩니다."

"서장님께 사적으로 긴히 드릴 말씀이 있습니다."

"그 말씀은 부정을 전제로 하는 말씀은 아니시지요?"

"부정이라니요. 당치도 않습니다."

"그렇다면 말씀해 보시지요."

비밀

할아버지가 아주 작은 소리로 속삭이듯 말했습니다.

"그 헌금을 한 사람은 저입니다."

세무서장이 놀란 눈으로 물었습니다.

"어른님, 그렇게 큰돈이 어디서 나셔서……?"

"절대 비밀로 해 주십시오. 저희 교회 목사님도 모르고 계십니다. 더구나 여기 직원이 알아서도 안 됩니다."

"그렇게 훌륭한 일을 하시면서 왜 숨기셨습니까?"

"저는 젊어서 장사를 하여 꽤 큰 사업체를 만들었습니다. 혹 아실는지 모르지만 삼우물산이라고 하는……."

"삼우물산이오?"

서장이 자리에서 벌떡 일어섰습니다.

"그 회사를 아십니까?"

서장이 대답했습니다.

"제가 세무공무원이 되어 처음 맡았던 회사가 바로 삼우물산이었습니다. 당시에 저는 그 회사 경리부장만 만나 보았을 뿐 회장님은 감히 직접 뵐 수도 없었습니다."

"그러셨군요. 일찍이 찾아뵙지 못해 죄송합니다."

"아닙니다. 회장님이 또 저희 관할에 계신 줄 알았으면 일찍이 찾아뵈었을 것을, 죄송하게 되었습니다."

서장은 직원에게 차를 준비하라고 일러놓고 물었습니다.

"회장님이 어찌하여 여기까지 오셨습니까?"

"왜 못 올 델 왔나요?"

"몇 년 전만 해도 이 일대가 다 빈민촌이었습니다. 그런데 도시 계획으로 고급 아파트촌이 되었지요. 회장님은 전부터 기독교 신자셨던가 보지요?"

"예, 큰 교회에서 장로로 봉사하다가 나이가 많아 원로장로가 되었습니다. 늙은이가 버티고 있으면 젊은 장로님들이 일하는데 방해만 될 것 같아 교회를 떠났습니다. 그리고 자식들도 모르게 여기저기 교회를 찾아다니다가 지금 아파트 지역에 가족끼리 예배드리는 작은 집을 찾아들어가 그 목사님의 심부름을 해드렸습니다."

"참 놀랍습니다. 삼우물산 회장님께서 그러셨다니 존경스럽습니다."

"제가 그 교회 목사님을 지켜보니 정말 훌륭한 목회 철학이 있는 분이었습니다. 그래서 제가 가지고 있는 것 가운데 조금 떼어서 헌금을 하고 그것으로 교회를 건축하고 시무하던 교회에서 하고 싶어도 할 수 없었던 사업을 하고 싶었습니다. 그래서 목사님께 제 의견을 말씀드렸더니 승낙해 주셔서 그런 일을 해 왔습니다."

서장이 서류를 들여다보다가 말했습니다.

"아파트촌 여기저기서 불만이 많았던 것 같습니다. 병원, 약국, 심지어는 부근의 교회까지 교회 건축비가 어디서 났으며 무슨 돈으로 자선사업을 그렇게 하느냐 하는 의문을 제기했습니다."

"저도 그런 것은 대강 알고 있었습니다. 아파트가 우리 교회보다 먼저 시고 마을에 병원과 약국, 그리고 교회가 먼저 있었다면 저도 거기에서 이런 일을 하지 않았을 것입니다."

서장이 말했습니다.

"여기 진정서에 나타난 의문점이 풀어졌으니 더 이상 조사할 게 없겠습니다. 앞으로 저희가 어떻게 도와드릴까를 연구해야 할 것 같습니다."

"감사합니다."

서장이 조심스럽게 물었습니다.

"뭐, 한 가지 여쭈어도 괜찮겠습니까?"

"좋습니다."

"교회 헌금하실 때 가진 것 중에 조금이라고 하셨는데……."

"그럼, 더 가진 것은 없느냐? 이 말씀이시지요? 역시 세리는 세리이십니다. 하하하."

"세리로서 여쭙는 것이 아니라……."

"제가 언젠가는 이런 일을 하고 싶어서 한 삼천 정도 준비해 가지고 있었습니다."

"삼천 억 말씀입니까?"

"그렇습니다. 저는 앞으로 교회를 통하여 그 돈을 사회에 돌려주고 갈 생각입니다."

"……?"

"왜, 제 말씀이 이상합니까?"

"우리나라에 회장님 같으신 분이 또 있을까 싶어서 말문이 막혔습니다."

"저는 아무것도 아닙니다. 숨어서 소리 없이 사회에 봉사하고 가진 것을 쓰는 기독인들이 많습니다. 그러나 예수님께서 오른손이 한 것을 왼손이 모르게 하라는 말씀을 지키기 때문에 소문이 안 났을 뿐입니다. 그런 분들이 많을 때 나라는 부강하고 사회는 아름다워지는 것입니다."

"회장님도 그런 분이시잖습니까?"

"저는 흉내만 낼 뿐이지요. 서장님, 다시 간곡히 부탁드립니다. 제가 드린 말씀 꼭 비밀로 해 주십시오."

"예, 알겠습니다. 시간을 내어 교회도 방문하겠습니다."

삼우물산 회장님은 이렇게 하여 정체가 밝혀졌습니다. 낮말은 새가 듣고 밤 말은 쥐가 듣는다고 했지요. 담당세무공무원이 서장실 밖에서 서성거리며 그 모든 비밀을 몰래 다 들었습니다.

악성 소문

할아버지가 자리에서 일어서자 담당 공무원은 날쌔게 자기 자리로 돌아가서 태연스럽게 앉았습니다. 서장님이 할아버지를 모시고 밖으로 나왔습니다.

할아버지가 사양했지만 서장은 굽실거리며 주차장까지 나왔습니다. 담당직원도 서장 뒤를 졸졸 따라 나와 할아버지 눈치를 살폈습니다.

할아버지가 구석 자리에서 기다리고 있는 목사님 차 앞으로 갔습니다.

목사님이 차에서 내렸습니다. 할아버지가 목사님과 서장님을 인사시켰습니다.

"서장님이십니다. 그리고 이쪽은 우리 교회 목사님이십니다."

서장이 겸손히 인사를 했습니다.

"목사님께서도 오셨군요. 들어오시지 않고요."

"아닙니다."

할아버지가 서장님을 보고 인사를 했습니다.

"이런 사소한 일에 목사님이 죄인처럼 조사받는 것이 싫어서 제가 앞장서서 들어왔습니다. 용서하시기 바랍니다."

그리고 젊은 담당직원을 보고 웃으며 말했습니다.

"젊은 선생, 늙은이가 미안했어요. 수고 하세요."

담당 공무원은 얼굴이 빨개진 채 어쩔 줄을 몰랐습니다.

"네, 네, 제가……. 안녕히 가십시오."

"이만 가보겠습니다. 서장님 수고하십시오."

서장이 포니 차를 이리저리 보다가 웃으며 물었습니다.

"이 차는 어느 분 차입니까?"

목사가 대답했습니다.

"제 차입니다."

"그렇게 큰 교회 목사님 차가! 이래서야……."

"뭐, 잘못된 것이라도 있습니까?"

"아, 아닙니다."

이때 할아버지가 대신 말했습니다.

"서장님, 우리 목사님의 이런 점이 저를 감동시켰습니다. 그래서 제가 목사님을 존경하지요. 아직도 이 차는 10년 이상 더 타실 계획이시랍니다."

서장이 껄껄 웃으며 반농담조로 받았습니다.

"이런 차는 이제 박물관에나 가야 볼 수 있는 차가 아닙니까? 아무튼 훌륭한 목사님이라고 하신 말씀에 한 치의 어긋남이 없는 것 같습니다."

"그러시니 우리 목사님이 하시는 사업에 아낌없는 협조를 부탁합니다."

"알겠습니다. 그 동안 하나님을 모르고 살았지만 이렇게 훌륭한 목사님이 있다는 것을 알았으니 그 교회에 나가도록 노력하겠습니다."

진정서를 넣었던 사람들은 목사님이 세무서에 불려갔다는 소식을 듣고 좋아했습니다.

'이제 목사가 무슨 돈으로 교회를 그렇게 크게 지었는지 밝혀질 것이다.'

'저 교회는 이제 엄청난 세금을 두드려 맞게 된다. 어쩌면 세무서에서 해결할 수 없어서 국세청에서 나와 교회를 뒤집어엎을지도 모른다.'

목사님이 세무서에 다녀온 뒤에도 아무 소식도 변동도 없자 진정서를 넣은 사람들이 실망을 하여 이렇게 소문을 냈습니다.

'목사가 엄청난 돈으로 매수하여 세무서를 이빨 빠진 호랑이로 만들었다.'

'그 교회 목사는 포니를 타고 다니면서 겉으로는 검소한 척한다. 교단 소속도 분명치 않다고 한다. 가짜 목사인지도 모른다.'

기획담당 할아버지가 경로선교회에 들어가자 노인들이 물었습니다.

"우리 교회 목사님이 세무서에 불려 다닌다는데 정말이오?"

"목사님이 사람들한테 잘 보이려고 낡은 포니만 타고 다닌다는데 그 말이 맞소? 이만한 교회에 남들한테도 펑펑 퍼주면서 자기는 달달거리는 고물차를 타고 다닌다는 게 이상하지……. 차가 신분에 안 어울리지 않아요?"

기획실장 할아버지가 기가 막혀서 이렇게 대답했습니다.

보살집사

"바로 그렇게 생각하는 우리와 목사님이 다른 점입니다. 어떤 교회 목사님은 자기 교회에서 가장 좋은 차를 타지 않으면 안 된다고 교회 돈으로 최고급차를 사서 타고 다니고 연봉도 수억을 챙기는 분도 있다고 들었습니다. 언젠가 내가 목사님께 차를 바꾸자고 했더니 지금 차가 굴러가지 않을 때까지는 타고 다니시겠다면서, 사람이나 차나 늙었다고 무시하면 안 된다고 하셨습니다. 그런 분이기 때문에 자기 는 보리밥을 먹어도 우리 같은 늙은이들한테는 쌀밥에 고깃국을 대접 해야 한다는 것이지요. 우리 목사님은 차만 헌 차를 타고 다니시는 게 아니라 생활도 매우 검소하십니다."

이때 보살집사라는 별명이 붙은 충청도아줌마가 들어와 할아버지가 하는 말을 거들었습니다.

"우리 할배 말이 맞어유. 그건 내가 보장하지유. 여러 할아버지들, 우리 목사님 식사하는 거 보셨나유?"

염소수염이 난 한 할아버지가 꼬챙이로 찌르는 듯 빽빽거리는 소리 로 말했습니다.

"보살집사가 뭘 안다고 그려?"

충청도아줌마가 이참에 할 말을 다하겠다고 생각한 듯 자기 할 말 을 했습니다.

"나를 왜 보살집사라고 하는지 아시유? 난 여기 있는 여러 할배들 보다 훨씬 먼저 이 교회에 다닌 사람여유. 우리 교회에 집사가 있남 유. 십부장, 백부장, 천부장이 있지만 집사 장로는 없어유. 우리 목사 님은 다른 사람하고 다르구면유. 나로 말하면 이 아파트가 들어서기 전에 판잣집 동네를 휘두르던 무당이었어유. 무당 짓을 하니께 나를 큰보살이라고 부르고 내 아래서 거들던 사람을 작은보살이라고 불렀지유."

염소수염 할아버지가 말을 막았습니다.

"충청도아줌마 말이 많소. 그만 하시오."

"말 막지 말어유. 이왕 입 열었으니께 할 말은 혀야겠어유. 내가 보살소릴 들으면서도 이 교회에 나오는 것이 뭣땜시것시유. 우리 목사님의 넓으신 사랑을 알고부터 내가 하나님을 믿게 되고 무당 짓을 던져 버렸쥬. 내가 병들어 누웠는디 아무도 안 찾아오는디 목사님이 찾아와서 무당인 나를 위해 기도를 해주시는데 왜 그렇게 가슴이 뜨겁고 눈물이 나던지 그날부터 보살 때려치우고 이 교회에 나왔지유. 지금은 가끔 목사님 밥상도 차려드릴 때가 있는대유, 경로선교회나 의료선교회 입원환자들보다 더 못한 음식을 잡수시고도 하나님께 감사하다는 거여유. 사람들이 날 보고 무당집사, 보살집사라고 해서 목사님께 부끄러워서 교회 안 나오겠다고 했더니 무엇이라 부르든지 속사람이 보살만 아니면 되는 거라고 하셔서 이렇게 나오고 있구먼유. 솔직히 말혀 장로, 집사하면서 속이 나보다 더 검은 사람도 봤지유."

충청도아줌마 말이 끝나자 할아버지들이 와아! 하고 박수를 쳤습니다. 그리고 그 다음 주일날 아침입니다. 중학생이 된 상진이가 신문을 들고 뛰어 들어오면서 큰소리를 쳤습니다.

"아빠, 엄마!"

퀴즈 같은 신문 기사

엄마가 주방에서 내다보고 물었습니다.

"무슨 일인에 그렇게 소란이냐?"

상진이가 신물을 내밀었습니다.

"이 신문 좀 보세요. 신문에 우리 교회가 나왔어요."

신문을 펼치자 교회 건물이 커다랗게 나와 있고 주먹 같은 글씨로 이렇게 씌어 있었습니다.

'숨은 재벌 아름다운 손길'

그리고 작은 글씨로 이 교회가 생기기 전에는 귀신이 산다는 흉가 터였다는 것으로부터 시작하여 20층 교회로 성장한 이야기와 교회에서 나오는 헌금을 모두 빈곤층 노인 양로와 의료 봉사에 사용하고 젊은 직장인들이 편히 일할 수 있도록 무료 유아보호 시설을 만들어 운영하여 지역민의 어려움을 덜어주고 있다는 것까지 소개했습니다.

아파트단지에 기대를 걸고 차린 인근 병의원, 약방 등이 영업이 안되자 교회를 의심하고 건축비가 어떻게 마련되었으며 무슨 돈으로 무료 봉사를 할 수 있느냐는 의심을 품고 그 비밀을 밝혀 달라는 진정으로 교회 목사님이 세무서에 불려갔다 왔다는 것까지 실려 있었습니다.

끝으로 더 놀라운 것은 누군지 알 수 없는 큰 회사 회장님이 헌금을 하여 그렇게 되었다는 것입니다. 아빠는 신문기사를 다 읽고 한동안 말이 없었습니다. 엄마가 놀랍다는 듯 말했습니다.

"어떻게 이럴 수가 있어요. 재벌회사 회장님이라니……."

아빠도 무겁게 한 마디 했습니다.

"정말 믿을 수 없는 일이오. 어떻게 그러실 수가 있는지 상상이 안 가오. 우리와 함께 한 사람은 기획담당 할아버지밖에 없었는데……."

"그 할아버지한테서 그런 눈치를 챌 수 없었잖아요?"

"그렇지요. 그분은……."

이때 신문을 들여다보며 상우가 말했습니다.

"내가 초등학교에 들어가기 전이었어요. 새벽에 화장실을 갔다 오다가 할아버지가 헌금함 앞에서 기도를 하고 종이를 헌금하는 걸 보았어요. 그래서 내가 하나님한테 기도를 했지요. 불쌍한 할아버지가 돈이 없어서 종이라도 헌금하시는 거 하나님 할아버지 보셨지요. 하나님 할아버지, 불쌍한 저 할아버지도 파란 돈을 헌금할 수 있도록 복주세요 하고요."

엄마가 아빠를 보고 말했습니다.

"혹시 그 할아버지가 헌금한 종이가……?"

"나도 그럴 것 같다는 생각을 하고 있었소."

이렇게 이야기하고 있는데 언제나처럼 부지런한 할아버지는 오늘도 웃으며 일등으로 출근하셨습니다.

"안녕하시오? 상진이도?"

아빠는 신문을 접어 뒤로 감추고 자리에서 일어서서 인사를 했습니다.

"오늘도 1등이십니다."

"그렇지요? 난 일등이 아니면……."

이때 부지런하기를 자랑하는 염소할아버지가 들어오면서 빽빽거리는 소리로 말했습니다.

"오늘도 내가 기획 할배보다 늦었네. 다들 뭘 하시오?"

할아버지가 이상하다는 듯 물었습니다.

"뭘 하다니요?"

"허허, 이 사람들 오늘 아침 우리 교회 사진이 신문에 대문짝만하게 난 거 못 보셨소?"

할아버지가 물었습니다.

"신문에 나다니요? 무슨 말씀이신지?"

염소할아버지가 더 빽빽거리는 음성으로 말했습니다.

"소식이 깡통이라는 말이 틀린 말이 아니여!"

아빠도 모르는 척하고 물었습니다.

"무슨 뉴스가 있습니까?"

돈밖에 모르는 사람들

"우리 교회를 이렇게 크게 잘 짓고 좋은 일을 하게 만든 사람이 우리 늙은이들 틈에 있다는겨. 오늘은 그 늙은이가 누군지 알아내야지. 그것 참!"

아빠는 기획담당 할아버지 눈치를 살폈습니다. 그러나 할아버지는 정말 아무것도 모르는 듯 경로선교회 사무실로 들어갔습니다.

엄마는 속으로 할아버지가 무슨 비밀이 있는 것 같은데 모르는 척하고 있다고 생각하며 주방으로 들어가고 뒤따라 충청도아줌마가 오면서 큰소리를 질렀습니다.

"오늘 아침 신문에 우리 교회가 나왔어유!"

아빠도 엄마도 상진이도 누가 시킨 것도 아닌데 다 모르는 척하고 충청도아줌마가 하는 말을 가만히 듣고만 있었습니다.

"귀신이 곡할 노릇, 아니 이놈의 주둥이가. 하나님도 놀라실 거구먼유. 누군가가 많은 헌금을 해서 우리 교회를 이렇게 크게 지었다는데 그게 누굴까유? 목사님은 아시남유?"

"저는 처음 듣는 소리라 무슨 말씀인지 모르겠습니다."

"저 빈털터리 한배가 그랬을 린 없구유. 전에 살던 사람 가운데 그만한 돈을 헌금할 만한 사람도 없는디 참말 귀신 곡할. 아니 하나님이 놀라실 일이구먼유."

경로선교회 아침 예배가 끝나고 노인들이 둘러앉아 신문에 난 이야기로 어수선했습니다.

"우리 늙은이 가운데 누군가 큰 부자가 있는가벼?"

"그게 누굴까? 기획실장은 아시겠지?"

그 사람은 기획실장 할아버지를 불렀습니다.

"이봐, 할배. 당신 생각에는 누구인 것 같소?"

"모르겠습니다."

"기획실장이 그런 것도 몰라? 그러려면 자리 내놔!"

"그러시지요. 실장 일을 맡아보시겠습니까?"

"아따, 이 사람 농담도 못하게 하네. 그 골치 아픈 자리를 내가 왜 해?"

염소할아버지가 방안이 쩌렁 울리게 지껄였습니다.

"알고 보면 말여. 이 교회는 목사님 교회가 아닌겨. 왜냐? 이 엄청난 교회를 짓는 건축비를 댄 사람이 따로 있다니 그 사람이 건물주가 아닌가베?"

"그 말은 맞소. 요새 같은 세상에 누가 자기 돈 들여 지은 건물을 거저 주겠소."

"혹시 저 구석에 앉은 뚱뚱이 영감이 돈을 내놓은 게 아닐까?"

"맞는 것 같구먼, 뚱뚱한 것이 돈이 좀 있어 보이지."

"이제부터는 돈 댄 사람이 교회 주인인겨. 목사님이 주인이 될 수는 없지."

"암, 암. 맞는 말씀."

"이 교회 주인은 따로 있는 거구먼."

"젊은 목사가 무슨 돈이 있어서 이 큰 교회를 지었겠소. 목사는 알고 있을 테지만 주인 노릇하느라고 입을 다물고 있는 거 아닌가."

"그렇겠지. 그러나 언젠가는 원 주인한테 돌려주어야 할 걸세."

노인들은 건축비를 낸 사람이 진짜 주인이고 목사님은 그 사람이 채용한 직원이라는 것입니다. 그렇게 말하는 노인들의 마음속에는 목사님을 존경하는 마음보다 건축비 낸 사람이 존경의 대상이 되고 있었습니다. 노인들은 하루 종일 서로 당신이 그 사람이냐고 물어도 보고 서로 의심하며 주인공을 찾았지만 쉽게 나오지 않았습니다.

마지막으로 구석에서 책만 보고 있는 뚱뚱이 노인한테 가서 물었습니다.

"이봐, 뚱뚱이. 자네 엉큼하게 그러고 있지 말고 솔직히 말해 보게. 어디서 그렇게 큰돈이 난 거야? 당신이 재벌 맞지?"

주 안에 있는 나에게 딴 근심 있으랴

노인들이 하는 말을 묵묵히 듣고 있던 기획실장 할아버지는 일찍 퇴근을 하여 세무서로 갔습니다. 사무실에 들려 젊은 직원한테 물었습니다.

"서장님이 안에 계신가요?"

그 직원은 할아버지를 금방 알아보고 벌떡 일어나 배꼽인사를 깍듯이 하고 서장실로 안내했습니다. 할아버지가 서장한테 인사를 했습니다.

"서장님, 평안하십니까?"

"어서 오십시오. 바쁘실 텐데 어떻게 오셨습니까?"

"긴히 알고 싶은 일이 있어서 왔습니다."

"말씀하시지요."

"오늘 아침 신문 보셨는지요?"

"네, 보았습니다. 그 교회가 훌륭한 일을 하고 있다는 기사를 보고 회장님께 전화를 드려야겠다고 생각했습니다."

"그 기사를 누가 어떻게 알고 썼을까요? 저는 서장님이 기자한테 말해서 그런 기사가 나온 것으로 알고 이렇게 찾아왔습니다."

"아닙니다. 저는 전혀 아무한테도 입을 열지 않았습니다. 교회 분들이 혹시 기자에게 알려준 건 아닐까요?"

"교회에는 목사님을 비롯해서 아는 사람이 아무도 없습니다."

"그런데 어떻게 그 비밀이 새나갔을까요?"

"나는 서장님한테 항의를 하러 왔는데 서장님도 아니면 누가 그랬을까요?"

서장은 사무실 문을 열고 가장 가까운 자리에 앉은 직원을 불렀습니다.

"며칠 전에 이 할아버지가 오셨을 때 안에서 하는 말을 자네가 들었는가?"

"못 들었습니다. 왜 그러시지요?"

"그럼, 그 날 문 앞에 누가 없었는가?"

"네. 저 임주임이 잠깐 머물다가 돌아가는 것을 보았습니다."

서장은 임주임을 불러들이고 단도직입적으로 물었습니다.

"자네가 그랬는가?"

"네?"

"기자한테 무슨 말 한 거 없나?"

"네, 그, 그건……."

"자네 어떻게 그런 짓을 해?"

"그……."

"나하고 손님하고 하는 말을 엿들었단 말인가?"

"일부러 들으려고 한 것이 아니라……."

"그래서 확실하지도 않은 정보를 흘린 거야?"

"그런 게 아니고……."

"솔직히 말해 봐. 어떻게 된 거야?"

"어제 저 회장님과 나누시는 이야기를 듣고 너무 놀라워서 그만……."

"그래서?"

"입이 근지러워서 친구 기자한테 깊이 있는 말은 안 하고 적당히 그렇다는 말만 했는데……."

할아버지가 말을 막았습니다.

"됐습니다. 그만 하시지요. 그 정도로 한 것이 다행입니다. 그 기사를 보고 나를 알 사람은 없습니다."

서장이 사과했습니다.

"죄송합니다. 회장님."

할아버지가 임주임한테 말했습니다.

"그만하기 다행이오. 아무도 나를 아는 사람이 없으니 됐어요. 앞으로 조심하시고 서장님은 저를 도와주십시오."

서장은 직원을 내보내고 말했습니다.

"무슨 말씀이시든지 하십시오. 제가 최선을 다하여 협조해 드리겠습니다."

"우리 교회에서는 그 기사를 보고 누가 헌금을 그렇게 했느냐고 말이 많습니다. 그뿐 아니라 그 교회의 주인은 헌금을 많이 한 사람의 것이라는 말까지도 하는 사람이 있어요."

"그런 소리가 나올 만도 하지요."

"그래서 말씀인데, 앞으로 저는 더 이상 그 교회에 남아 있을 수가 없습니다. 언제라도 이 비밀을 남들이 알면 우리 목사님이 불편해지고 성도들은 나를 주인이라도 되는 것처럼 대할 것입니다. 하나님의 집에서 사람이 주인이 되어서는 안 됩니다."

"맞는 말씀 같습니다."

"내가 먼저 시무하던 교회를 떠난 이유도 그랬습니다. 그 교회 건축 헌금을 할 때 제가 반을 댔습니다. 그때는 목사님이 알고 있었지만 다른 분들은 몰랐는데 목사님이 저 대하기를 조심스러워 해서 많이 불편했습니다. 그래서 거기를 떠나 아무도 모르는 여기를 찾아 왔는데 이렇게 되었습니다."

"정말 떠나실 생각이십니까?"

"비밀이 드러나기 전에 어디든 편한 곳을 찾아가겠습니다. 앞으로 교회에 폐가 안 되도록 서장님께서 도와주시기 바랍니다."

"어디로 가시렵니까?"

"어디든 신실한 종이 있는 곳이면 거기 가서 심부름을 해드릴 생각입니다."

"회장님은 김삿갓도 아니시면서……."

"나는 김삿갓과 다릅니다. 한을 품고 구걸하던 김삿갓의 방랑이 아니라 내가 가진 것 다 바쳐 하나님 사업을 뜻있게 쓰고 하나님이 부르시면 떠날 생각입니다."

"아무리 그래도 저한테만은 가시는 곳을 말씀해 주시면……."

"미안합니다."

할아버지는 조용히 세무서를 떠났습니다. 그 날 이후 목사님과 경로선교회 노인들이 기다리는 실장님의 빈자리는 비어 있고 할아버지가 즐겨 부르시던 찬송 소리만 성도들 가슴에 흘렀습니다.

주 안에 있는 나에게 딴 근심 있으랴

십자가 앞에 나아가 내 짐을 풀었네

주님을 찬송하면서 할렐루야 할렐루야

내 앞길 멀고 험해도 나 주님만 따라가리.

창작 간증 픽션

사랑은 작두로도 베지 못합니다

2022년 12월 20일 1판 1쇄 인쇄
2022년 12월 24일 1판 1쇄 발행

저 자 심혁창
발행자 심혁창
마케팅 정기영
디자인 박성덕
교 열 송재덕
인 쇄 김영배
펴낸곳 도서출판 한글

우편 04116
서울특별시 마포구 신촌로 270(아현동)
수창빌딩 903호

☎ 02-363-0301 / FAX 362-8635
E-mail : simsazang@daum.net
창   업 1980. 2. 20.
이전신고 제2018-000182

* 파본은 교환해 드립니다
☞ 정가 14,000원

ISBN 97889-7073-618-1-13810